灰谷
illust
蜜犬 HONEYDOGS

SP 鋼鐵號角

IRON HORN

Presented by HuiGu&Honeydogs

IRON HORN
Contents

Chapter 273 生病

你現在站在黃金時辰的絕頂，
許多少女的花園，還未經播種，
貞潔地切盼你那絢爛的群英，
比你的畫像更酷肖你的真容。

——出自《莎士比亞十四行詩集》第十八首

帝國的新君，是一位極為英俊的皇帝。

當然前一任皇帝柯樺陛下也很英俊，但是，因著曾經任過教會大祭司，柯樺陛下周身總是充斥著聖潔的禁欲氣息，讓所有女子望而卻步。

但柯夏陛下就不一樣了，且不說彷彿盛夏陽光一般炙熱強烈攻擊性的美以及彪炳戰功，聯盟的輝煌過去讓人注目，只說那些類似《小歌后夜鶯參加帝國柯夏陛下加冕禮並於宮廷舞會共舞！》、《謎一樣的女人，論歌后夜鶯與帝國皇帝的二三事》這些充斥於小報的柯夏陛下與小歌后的桃色新聞，讓帝國的淑女們對這位尚未娶妻的陛下爆發了極大的熱情。

帝國雙星的稱呼隨著柯樺陛下遜位之後幾乎沒有出現在公眾面前後，人們就不約而同悄悄地用帝國之月來稱呼那位聖潔優雅的前陛下，而帝國驕陽則成為了炙熱張揚、鐵腕高傲的柯夏新的代稱。

新君上任，歷來是要到三大主城分別巡視一輪，瞭解當地政務、軍務和民俗。因為之前已經在月曜城處理過地下城的政務了，這一次的皇帝巡視，就先去了繁星城。

地方領主、行政長官以及貴族舉辦了盛大的歡迎宴會，宴會上無數的淑女幾乎可以說是熱情洋溢大膽露骨地向這位新陛下表達了奔放的感情。而柯夏對此早已駕輕就熟，彬彬有禮卻又刻意保持著距離，那種居高臨下刻在骨子裡頭的傲氣很快讓淑女們知難而退。

柯夏應酬一番後轉眼找了下沒有找到邵鈞，一眼看到花間酒在一旁守著，便揮手叫他過來：「鈞呢？」

花間酒道：「他剛才說有些頭暈，出去走走。」

柯夏吃驚：「是哪裡不舒服嗎？讓醫生來看過沒？」

花間酒對陛下的大驚小怪有些無語：「應該只是宴會廳裡的香味太重了，他精神力還沒恢復完全，聞不慣而已——其實我覺得，他說不定是吃醋了。」花間酒隨口道。

柯夏高高揚起了眉毛，花間酒指了指他身上那些星星花環：「你看看抵達之後才過了多久，你就收了這麼多星星花環，剛剛抵達繁星城沒多久，就連供您下榻的莊園，都有許多女官送來星星花環，希望我們近衛轉交！」他看不順眼很久了！憑什麼都只送給陛下啊！

柯夏道：「這是繁星城的習俗啊，今天是星光節，所有人都可以給自己喜愛的人送上星光花環，僅代表祝福而已，約定俗成大部分人都不會拒絕，這一天誰收到的星光越多，越說明他是個有魅力的人。」

花間酒道：「話是這麼說，但是鈞不太瞭解帝國習俗吧？」他滿懷惡意地提醒。

柯夏卻忽然問了句：「吃醋的鈞到底是什麼樣子？」

「……」花間酒心想我怎麼知道，我騙你的，事實上鈞的臉上什麼都看不出來，只隨口說頭有點疼出去而已，不過他為了掩蓋自己的謊言，他還是硬著頭皮道：「沒什麼啊，但是他身體這麼健壯，本來就很少生病的吧。」

柯夏想了下站了起來道：「我去看看他，你替我應付一下。」

花間酒看向那些正炯炯有神虎視眈眈看過來的貴族們，臉垮下來了。

柯夏走出了華麗的宴會廳建築，看到外面午後的陽光正明媚，邵鈞的確站在噴泉池旁，跟前站著幾個非常漂亮的女孩，手裡拿著星星花環正要遞給邵鈞。

想來又是要邵鈞轉交給自己！柯夏一顆心立刻提起來了，連忙大步走過去道：「贈送給自己欣賞的人星星花環，這是繁星城的習俗吧？」

幾位女孩忽然看到柯夏，嚇了一跳，臉色微紅地拎起裙擺行禮：「陛下！」

邵鈞轉過頭看到他也一怔：「陛下怎麼出來了？」

柯夏道：「看到你不在，出來看看。」然後又看著那幾個小姑娘，借機洗白自己：「繁星城是有這樣的習俗吧？一般大部分人都不會拒絕接受星星，無論已婚未婚，算是一種禮貌，是吧？」

栗色捲髮的少女臉色通紅，低聲道：「是的，星光節這一天，可以給仰慕、崇拜的人贈送花環，表達祝福，大部分人會準備許多星星花環，分別贈送給父母、老師、兄弟姐妹、同學等等。」

原來就是朋友之間禮貌性大量按讚，這個習俗很不錯嘛！邵鈞領會了其中精神，點了點頭，栗色捲髮的少女看他點頭，露出了羞澀的笑容，然後將那串漂亮的星星花環遞給他。

柯夏感覺已經將自己成功洗白，伸出手擺出了禮貌性的笑容想要去接那串星星花環，然後同時接收到了幾道驚詫的目光，栗色捲髮的少女臉已經熱到幾乎冒氣：「陛陛陛陛下……我……我只有這個星環了……」

她幾乎要哭出來了，柯夏詫異看著他，邵鈞看小姑娘窘迫的樣子，體貼解圍道：「她剛才是說想送給我，大概沒想到陛下忽然出來——放心，陛下寬宏大量，不會計較的。」他寬慰小姑娘，便伸出手去接過那串星星花環。

然而他的手還是落空了，柯夏已經飛快無比地將那串星星花環拿了過來，板起臉冒著酸水道：「贈送星環如果是在一群人中間，一般要先贈給長者或者地位比較高的人。」他看著看上去只有十八歲的邵鈞，年輕得和那幾個少女看著正是一群，心裡的酸水更是冒出了泡泡。

啊？還有這種規矩？邵鈞愕然，送星環的少女們面面相覷，卻完全沒有膽量敢說尊貴無比的陛下在瞎扯，畢竟帝國陛下那就代表至高無上，誰敢說沒有？陛下說有，那就有了！畢竟，誰也不會懷疑陛下會貪圖這樣一個花環，畢竟陛下身上那些星星花環可太多了！

柯夏伸出手去拉邵鈞就要走：「我的侍衛長還有些不舒服，我們先走了。」少女們紛紛提起裙擺匆忙欠身恭送陛下，柯夏抓著邵鈞的手感受到那手的熱度卻吃了一驚，已經顧不得吃醋，伸手反手過去摸邵鈞的額頭：「你真的在發燒！」

邵鈞茫然道：「啊，可能有點著涼了。」他是感覺到有些熱，但他剛才只以為是宴會廳裡太熱，太悶了些，所以才出來走走。

柯夏已經滿臉嚴肅，按了下腕上的通訊：「立刻通知皇室醫生過來！」他拉著邵鈞的手快步穿過走道直接往居住的兩層小樓走了進去，一路直接將邵鈞推到了床上，按著他坐下，召喚了智慧醫療機器人過來替他量體溫。

機器人很快得出了結果：「九十八度，注意，病人正在高燒，建議立刻抽血化驗發燒原因。」

柯夏乾脆俐落道：「抽血。」

機器人道：「請病人伸出手臂。」

邵鈞看著機器人機械手臂已經伸出了尖銳的針頭，身上微微打了個寒顫：「我覺得只是感冒，我喝點熱水就好了。」

柯夏道：「這怎麼行！你身體一向很好，怎麼可能著涼就能感冒？」一副不容拒絕的口氣，邵鈞只好伸出手臂來，眼睛卻看向了別處，但光滑的手臂上已經浮起了一粒一粒的雞皮疙瘩，伸手握住他手臂的柯夏立刻發現了，驚訝看向他：「你該不會……」他把那句害怕打針吞了下去，委婉問道：「有尖端恐懼症吧？」

邵鈞覺得耳朵發燙，微微帶了些窘迫：「沒有什麼，打吧。」

柯夏握著他的手臂幾乎要笑出來，但很快又被手臂那明顯高於正常體溫的熱度引起了擔憂，他命令機器人：「換無針抽血器。」

機器人應聲換成無針抽血器，將一個圓盤貼上了邵鈞手臂靜脈處，很快抽出了一管血來，開始化驗。

很快花間酒帶著隨駕的皇室醫生衝了進來，看到機器人正在抽的是邵鈞的血：「是鈞不舒服嗎？」

柯夏命令皇室醫生道：「快看化驗單。」

機器人驗血後噠噠噠地打出了一長串的驗血單，皇室醫生看了下指數，鎖緊了眉頭，邵鈞道：「都說了只是感冒吧，我喝點熱水睡一下就好了。」

醫生遲疑道：「陛下……我需要會診一下。」

柯夏皺起了眉頭，看了眼邵鈞：「可以，那現在病人呢？」

醫生道：「先躺下休息，可以嘗試冰袋降溫，多喝溫水，保持通風和呼吸，同時保持觀察。」他飛快道：「我立刻回來。」

柯夏轉頭看了眼臉上已經因為高溫開始發紅的邵鈞，意識到了事情不太對，但臉上仍然平靜道：「可以，你們這些皇室醫生就是太過謹慎了，去吧。」

他看著醫生出去後，給花間酒使了個眼色，花間酒意會，連忙跟了出去，柯夏伸手去替邵鈞將身上的侍衛衣服外套全解了開來，露出裡頭的白色背心和短褲，先餵他喝下一杯溫水，扶著他躺下，從機器人手裡接過了冰袋替他敷在額頭上，拿過柔軟薄被替他蓋上，手指觸摸過他的脖子，感覺到那裡的溫度更熱了，心裡極為憂慮，伸手又將冰袋按了按，邵鈞睜開眼睛看著他，還笑了下：「都說是感冒了，我猜是前幾天開飛梭的時候沒關敞篷，著涼了。」

柯夏道：「嗯，但是還是不能掉以輕心，你好好休息，我去讓醫生開藥給你。」

邵鈞滿不在乎道：「感冒不用吃藥的，燒一燒還能提高免疫力。」

柯夏饒是滿是憂慮，還是被他這歪門邪道的理論給氣笑了：「瞎說什麼，沒聽過這些邏輯。」

邵鈞顯然也感覺到了些疲累：「你不懂，前陣子落水不也感冒了，很快就好了的。」

柯夏道：「好吧我知道了，你快閉眼睛睡吧，平時一句話不愛說，病了反倒話多起來了。」柯夏心裡知道他是怕自己過於憂慮，才強撐精神逗自己開心，便伸出手按住他燒得通紅的唇，不許他再開口。

邵鈞笑了下，終於閉上眼睛，然後瞬間就睡過去了。

柯夏站了起來，臉色嚴峻，走了出來，快步走到隔壁房間，看到了臉上也正有些惶恐的花間酒和醫生，醫生看到他道：「陛下，病人的血液化驗單顯示應該是病毒感染，病人最近有沒有接觸過什麼動物，或者在人群密集的地方行走生活過？」

柯夏一怔，花間酒聲音低沉：「我剛才已經和醫生說了，人群的話，鈞這段時間參加過您的加冕典禮，也在遊行的時候在人群裡頭執勤過，還有今天的宴會人也不少。至於動物，宮廷花園養的金鳶鳥、還有一些外星寵物，我們大部分人也都見過玩過，那些外星寵物都是經過嚴格檢疫和消毒的，長期馴養多年的。」

醫生道：「外星動物能夠馴化並且合法售賣的寵物的確是經過嚴格殺菌和檢驗檢疫的，問題就在於，血液化驗單顯示病人似乎身體內什麼疫苗都沒有接種過。」

柯夏臉色已經變得慘白，當然沒有接種過疫苗，因為那是複製人的身體，沒人會替本來壽命就很短的複製人接種疫苗。

無論是聯盟還是帝國公民，哪怕是農奴，剛生下來的孩子在出生後會在七歲前注射一系列的疫苗，從而對抗大部分的病毒和疾病，邵鈞到了柯夏身邊，也只因為受驚落水生過一場病，其餘時候都是一副健康強健的樣子，也因此他們所有人都忘記了給其實也算是個新生兒的邵鈞接種疫苗！

他疏忽了！對大部分人無效的病毒，卻有可能對沒接種過疫苗的鈞是致命的。

柯夏深呼吸著問：「現在怎麼辦？」

醫生道：「病人沒有接種過疫苗，相對來說身體對於外來病毒的免疫力比起我們大部分人，就會低很多，原本應該少在人群密集的地方出沒，也應該少接觸動物，當然，其實這個，及早接種疫苗，也是完全可以避免的，現在就是要儘快確定他感染的是什麼病毒，儘快進行病理分析，找到合適的藥，我已經將病人的化驗單發給我的老師和精通病毒學的專家會診了，目前我先給他上一些提高免疫力的藥。」

他看了眼臉色非常難看的柯夏：「陛下也不用過於憂慮，只是因為太久沒有見到這樣的病例了，初步推測應該類似於麻疹病毒，高熱後應該會出疹子或者水痘，之後便會終身免疫這種病毒了，我們會儘快確定病因，然後給出治療方案。以現在的的醫學水準，大部分的病都可以治癒的。」

柯夏閉了閉眼睛：「我知道了，你們儘快研究吧。」

極度緊張的皇室醫生們很快就找到了病因，是一種許久沒有出現過的帶狀皰疹病毒，因為早已很久沒有人患上此病了，因此一時還真不太好找藥。

醫生道：「聯盟剛研發的冷門新藥文星酸應該對這種有用，不過這種藥暫時還沒有在帝國發售。」

柯夏轉頭什麼都沒有說，只是撥了個電話，很快就接通了，醫生看到對面那經常在新聞中看到的大人物，吃驚地睜大了眼睛。

阿納托利正坐在浴缸裡，露出了強健的上半身，腰以下沉沒在水裡，懶洋洋靠在浴缸靠背上，手裡拿著一杯葡萄酒，是個舒適之極的姿勢。

他面容似乎重新做過了手術，看著又年輕了許多，顯然近年來總統閣下越來越重視外貌了，那雙迷醉萬千女子的眼睛看向他們：「我以為你這個時候用加密加急頻道，應該是非常私人的場合？」

柯夏沒好氣道：「沒人對你的身材有興趣，我需要聯盟的一種新藥文星酸，麻煩立刻安排送過來，空運，最快速度，感謝。另外麻煩同時送幾個最專業的帶狀皰疹病毒專家過來，鈞生病了。」

阿納托利原本那漫不經心的臉也嚴肅起來：「什麼病？」

柯夏還在惱恨自己：「忘了給他接種疫苗，感染了病毒，化驗單一會兒發過去給你，你先請專家會診，儘快送過來，一切都要最好的。」

他又拍了下還在震驚的醫生：「快說還需要什麼。」

醫生回過神來，結結巴巴道：「是……總統閣下……可以的話，最好是包括格魯斯三號也能給一些，外用可以有效減輕疼痛，此外萊歐克也要一些……」

阿納托利和顏悅色道：「列好單子發過來就行。」又看向柯夏道：「本來想敲詐你一筆的，鈞的話就算了，我儘快安排。」

柯夏冷漠道：「小心我讓鈞再邀請風先生過來玩幾天……」他話音沒落，對方那寬敞的浴室門已經被推開了：「我聽到有緊急衛星通訊？」

寬鬆睡袍裡顯然什麼都沒有穿的花間風滿臉懶洋洋看過來，看到柯夏這邊的場景也嚇了一跳：「這是怎麼了？」

阿納托利迅速掛斷了通訊，對花間風道：「沒事，就是鈞發燒了，讓我們送點聯盟產的新藥過去。」

花間風已經準確把握了重點：「鈞生病了？能讓夏這麼著急打電話給您，那肯定是帝國治不了的病！我得立刻去帝國看一下鈞才好。」

完敗！阿納托利滿臉沮喪，他就知道！他只好道：「別擔心，不算嚴重，據說有特效藥……我立刻安排最好的專家過去，他還要一種新藥，我這就安排，今晚就空運過去。」

花間風憂心忡忡：「鈞那身體可是優選過的健康身體，夏這麼深夜緊急聯繫，肯定是大病。」

阿納托利道：「說是因為沒有接種疫苗。」

花間風一呆，瞬間內疚：「沒錯！我們全都忘了這一點！」他站起來團團轉：「都忘了他已經不是那個堅不可摧的機器人身體了，哎！」

阿納托利道：「我看羅丹先生他們也沒想起來──會不會複製人注射疫苗容易有什麼副作用，最好問問羅丹他們。」

花間風接通了羅丹的通訊，羅丹接到的時候也是震驚的：「要接種疫苗？啊……對……」

羅丹恍然大悟：「我也疏忽了，是該立刻接種疫苗，和其他人並沒有區別，應該在培養皿期間就提前注射是最合適的。來到帝國事情太多，鈞的情況又太特殊，以至於我們都忽略了，這麼說我們也應該及時接種才對……」他轉頭去看艾斯丁。

艾斯丁安撫著拍了下他的肩膀對花間風這邊笑道：「我們還在帝國，儘快過去看看情況。」

花間風也道：「好，我也今晚過去。」

一架來自聯盟軍方的飛機當夜一路綠燈進入了帝國領空，然後長驅直入直達繁星城，繁星城的居民正在歡度星光節，在滿城點點星光中，直升飛機直接降落在了陛下下榻的莊園內。

邵鈞在迷迷糊糊中並不知道自己已經驚動了許多人。他一開始只覺得熱，後來開始覺得皮膚又癢又疼，便想要伸手去抓，但意識模糊中有人抓住了他的手，然後他整個人被浸泡到了什麼液體中，清涼舒適。

他很快陷入睡眠中，這一覺實在漫長又深沉，等到他再次完全清醒的時候，他已經經過了高燒、出痘疹、退燒的全部流程，進入了康復階段。

只是這一場高燒還是讓他元氣大傷，他睡得渾身都覺得軟綿綿的，在床上努力掙扎著想要起來，卻很快被進來的柯夏阻止了：「別下床，你還需要休養，在你完全恢復健康並且能夠接種完所有疫苗之前，你都必須隔離在病房裡休養。」

邵鈞只能斜靠在軟綿綿的靠枕上：「疫苗？」

柯夏坐到了床頭，弄了一碗湯出來給他：「是的，你其實就像一個初生的嬰兒，整個世界對你來說都是危險的。這次生病就是被感染上了病毒，你需要接種太多疫苗了，但你才生過病，暫時還不能接種，只能先休養好。」

邵鈞隱隱感覺到了不妙，沒記錯的話從前他看過朋友給孩子打疫苗，一般都是一個月一次，如果說他還需要接種很多疫苗的話……他謹慎發問：「那等我恢復健康到接種所有疫苗，大概需要隔離多久？」

柯夏道：「很多疫苗都是多重功效的，給你挑了最好的，三個月就能打齊了。」

邵鈞抱著一絲希望：「打完幾個最重要的疫苗，就可以正常生活了吧？」

柯夏搖頭：「不行，這個世界對你很危險。外面有無數可怕的病菌，你必須打完所有疫苗才能出去，而且嚴格限制探望的人，進來都必須經過嚴格消毒才能進來，醫生不建議你接觸太多外人，每個人身上攜帶的病菌都不一樣。」

他態度很是堅決，顯然也看出了邵鈞滿臉空白下沉默的反抗，寬慰他道：「放心，風先生、艾斯丁他們都來了，肯定天天都來陪你。」但是，放他出去接觸滿是病毒的世界，那是絕不可能的！如今回想起來當初鈞落水之後立刻生了大病，很顯然也是水裡那些豐富的水生細菌！幸虧當時沒有出大事！還有後來他流落在外，甚至還跑去了嚴重污染的北邊平原，他還帶著他去攀岩滑翔！想起來都後怕連連。

他進病房之前都先洗過澡換了衣服通過了消毒通道，才謹慎地進來看鈞。

邵鈞不說話了，接過湯碗將湯一飲而盡，他現在不過是十八歲的面容，所有的肌肉都充滿年輕人特有的彈性，面部表情更是細微生動，不高興起來神態也是如此的清晰。

因為剛生過病，他臉色微微有些蒼白，長長了的頭髮也有些亂，像是個沉默反抗家長管制的少年，柯夏有些心軟，伸出手摸摸他的手背：「再忍一忍，打完疫苗就好了，你前幾天真的把我嚇到了，你知道你發病的時候什麼樣子嗎？全身都長滿了可怕的痘疹，醫生說你會很疼痛難忍，建議直接將你放入醫療艙，讓你在休眠中度過比較好，否則無論是病人還是看護都很難熬。」

邵鈞想了下心裡明白，自己怕是出水痘了，大概他們都沒出過，嚇到了，低聲道：「是水痘吧？這個只是看著可怕而已……」他經歷過更多更可怕的傷病。

柯夏嚴肅道：「不僅僅是可怕，嚴重感染會危及生命的！外面還有很多病毒，病房已經進行過全面消毒了，你可以安心在這裡，但是我們身上很多地方會攜帶著很多病菌，所以不能和你有太多的接觸。」

他看著邵鈞薄唇，簡直像看著一塊可口美味的糕點卻完全不能品嚐，閉了閉眼道：「接吻什麼的，都不可以。」

邵鈞終於不滿說話了：「我又不是真的嬰兒，我有我自己的免疫力，哪有那麼嚴重，之前都這麼大半年了，不是都挺好嗎？」

柯夏嘗試安撫他：「我知道你會無聊，我幫你準備了天網聯接艙，可以上天網看看，做什麼都行的。」

邵鈞轉過頭，顯然不想再和他說話，柯夏長嘆一聲，彷彿哄孩子一般道：「我陪你上天網玩，再忍一忍。你已經不是之前的機器人身體了，是我們疏忽了你。心裡還是以為你是無堅不摧的，忘了你現在是一個這麼脆弱的身體。等接種好疫苗，你就可以和我們一樣了，這段時間我都會在繁星城掌管政務，你隨時可以和我通訊，甚至可以一直看著我，無聊了就上天網，好嗎？但是隔離，你還是多忍一陣子。」

邵鈞躺回床上轉過身背對柯夏，拉過被子閉上眼睛，徹底不想和他交流了——他都已經大半年都在外頭跑了，哪有什麼大事？不過是一個水痘罷了！但是他也又不想和柯夏吵架，乾脆閉嘴生悶氣。

柯夏把碗扔給機器人，坐在床邊守了他一會兒，聽著呼吸均勻了，輕輕拉開被子，果然看到邵鈞又再次睡著了，悄悄揭開他的睡衣看了下他身上的皮膚，看著那些疤痕已經褪成了淺粉色的印子，應該很快就能消失，心裡定了下來，雖然很想抱抱他，但還是躡手躡腳又出去了。

然後邵鈞的百無聊賴的隔離養病的日子就這麼開始了，他和羅丹、艾斯丁、風先生都通過電話，得知果然因為害怕他們不知道攜帶什麼病菌，柯夏攔住了他們，沒有讓任何人進來探望，花間風笑道：「陛下現在把你當成小嬰兒了，保護欲爆棚，你沒接種完所有疫苗一定是不會讓我們見你了。」

邵鈞有些無語，就知道柯夏現在是精神過度緊張，羅丹和他認真探討：「沒關係，我們現在也順便一起接種，好些疫苗要接種。事先真的忽略了，這大半年太多事了，等我研究一下能不能有什麼加快的辦法。」

艾斯丁則寬慰他：「時間很快的，我們可以上天網交流，一樣的。」

邵鈞謝謝了他們，想了下便也上了天網。

帝國的天網和帝國有些相似，同樣分為三大主城，而虛擬城市裡的景色又分外優美，完全充斥滿足著帝國一貫的審美，華麗又冷靜、宏大而深沉。

視覺範圍裡充斥著藍天下的琉璃尖頂、穹頂，高大雄渾的建築群比比皆是，處處生長著爛漫嬌嫩的金鳶花。

但是顯然這些對於本來曾經處於長期魂體狀態的邵鈞來說是不夠的。再美的景色，也不如真實的觸覺。他渴望花園裡那些植物，比如鼠尾草、常青藤、三葉草甚至是薄荷以及各式各樣花香混合在一起的香味，喜歡風吹過肌膚那種微涼的感覺，甚至哪怕是和近衛們格鬥那種拳拳到肉的痛感，那也是真實的身體體驗。

他有些沮喪站在風景優美的繁星主城登陸點無所事事了一會兒，知道艾斯丁和羅丹正去接種新的疫苗，風先生也似乎在忙著帝國這邊的什麼事，他左右望了望，居然看到了熟悉的俱樂部，巔峰虛擬格鬥俱樂部。

無聊的他進去，簡單註冊了個會員，專門挑戰線上積分高的，一路洩憤似的打過去，短時間內擊敗了不少積分高的高級會員，再次刷出了優秀的積分等級，俱樂部的格鬥手們全都開始關注這個突然出現的黑馬，津津有味觀看起他的對戰來。

涂浩才進俱樂部，就聽到了俱樂部裡會員們的討論：「是個高手，就是怎麼從前沒來過。」

「星光節，最近來的客人也多，多幾個生面孔不奇怪，更何況天網的審核放寬了，你沒聽說嗎？」

「真狠，關鍵是速度太快了，我上去根本來不及反應就被他幾下撂倒了。」

「哈哈你那兩下子不行，你沒看黑風也敗下陣來了，他本來也是速度見長，我奇怪的是他對戰這麼多，精神力還沒有感覺到疲倦嗎？真的有這麼高精神力的人？難道是皇族？」

「他的精神力使用方式比較精細，我個人感覺。」

涂浩湊過去一看，黑髮黑眼，熟悉的面容，再一看那風格，無語了，他看邵鈞打完一局，連忙利用自己特權開了後門，讓自己排上了他，同時關閉了觀看功能。

邵鈞看到他，一怔，涂浩一攤手：「是我。你不是生病了嗎？怎麼來這兒虐菜了？這有意思嘛，誰能是你對手。」他揶揄邵鈞道。

說到病邵鈞就氣悶，看涂浩這個菜雞，也沒心情繼續打了，直接往格鬥房間休息區角落的沙發坐了進去道：「你不用工作？」

涂浩笑了下：「中午有點時間。」他打量著邵鈞的臉：「原來你真實面容是這樣的，和原來也挺相似的，這下也不掩飾了？我真的想不到你那麼年輕，我一直以為從前的鈞，就是杜因，但是杜因莫名消失了，你卻出現在了陛下身邊，看來陛下對你還是挺好的？從聯盟那邊連夜調藥是為了給你治病吧？聯盟的軍用飛船長驅直入，這是帝國軍史上從來沒有的一幕啊。」

邵鈞看著涂浩，說起來也是自己換了多個身分，偏偏眼前這個不太相干的人，竟然見過自己多個身分，還是安全部門的，什麼都懂一些，根本不知道他懂了多少，索性也不去接話，反口問他：「涂家現在又得到陛下寵倖了？」

涂浩臉上微微有些尷尬：「咳，陛下不計前嫌，還釋放了我叔叔。」屬於安全部門那種不談自己的習慣又來了，他開始扯開話題，其實也頗為內疚：「上次陛下上了〇〇七的帳號，我以為是你，結果說漏嘴了，被陛下審了個一乾二淨，不得已說出你從前在俱樂部陪練的事，我真的很擔心連累了你。」

邵鈞詫異看向他，涂浩悄聲道：「就是之前他在月曜城的時候，當時〇〇七上線了，我以為是你，結果……」他尷尬地摸了摸鼻子：「原來那個居然是陛下，他把我捉去審了，你知道的，我沒辦法，都說了。」

邵鈞沉默了一下，難怪柯夏之前明明還對自己戒備警惕，忽然後來完全轉變了態度，原來根結是在這兒，自己的假身分早就被扒了個乾乾淨淨，自己當時沒有恢復記憶，柯夏也沒有和自己解釋太多，之後回到逐日城又是無數陰謀，倒也這麼稀裡糊塗過了。

涂浩看他沉思著，越發愧疚：「我全家都在帝國，實在是不得已，但是陛下英明，是個很好的皇帝，應該不會對你怎麼樣的吧？還是請你諒解我的苦衷。」

邵鈞搖頭：「沒什麼，我只是奇怪你們涂家原本應該效忠柯冀的，現在轉變立場這麼快？」

涂浩臉一黑，他可是知道這位如今在陛下心目中的位置，連忙解釋：「您可千萬別在陛下跟前說什麼，我們安全部門，一貫只能是完全忠誠於陛下的……上一任最受信任的是佐德局長那一系。」

安全部門，向來既是君主的刀，但很快又會被下一任君主厭惡，然後被迅速清理，涂氏全族自然也深諳自保之道，整個家族都處於一種外人看來極其分散冷淡的關係，一旦被上一任君主厭惡，那個人很快就彷彿被家族拋棄割裂一般。

而哪一位一旦祕密進入安全核心，掌握了不可知的權力，則同樣會受到家族的所有資源的全力支援，這是外人所不知的涂家的立族之道。

邵鈞知道他的立場，沒說什麼，只是笑了笑，坐到了一側的沙發上，和他說閒話道：「陛下在繁星城，保全工作應該非常吃重，你怎麼這麼無聊在天網上？」

涂浩道：「陛下直接留在了繁星城，看起來在繁星城的時間會延長，我在逐日城這邊，目前沒什麼事。」

邵鈞皺起了眉頭道：「那豈不是誤了國事？」

涂浩聳肩搖頭：「沒有，他前天下了個皇命，嚴查清理所有的地下實驗室。帝國內嚴查製作複製人的實驗室、豢養複製人的娛樂場所以及貴族。複製人技術僅允許在醫學範圍、研究範圍內複製相關肢體、器官，不允許製作複製人。凡是製作、豢養複製人的，一律要被懲戒，輕的罰款、降職，訓誡，重的直接會被沒收所有財產，貶為農奴。」

邵鈞一怔，涂浩道：「第一個被清理的就是柯葉親王名下的實驗室，柯葉親王親自寫了個悔罪書公開在星網上，聲稱自願捐出三年的封地收入給國庫，並且表示今後決不再犯。柯希郡王那也是屁滾尿流地主動清理了自己那些寵物，現在所有貴族都清理著呢。」

邵鈞道：「沒有人反對？」他是複製人的消息應該已經被清乾淨了，對外只說是謠言，他如今已經有了齊全的帝國身分證明。西瑞博士等等都已經遣返回聯盟，柯夏原本也想要清洗乾淨這一門罪惡產業，但剛登基事情也多，想來忽然下令，應該是被他生病的事刺激了，遷怒於那些複製人地下實驗室了。

涂浩道：「要不怎麼說我們陛下高明呢？複製人這東西本來就違法，只是因為以前不查，帝國法律形同虛設，但現在陛下要抓，那誰敢在這上頭跳出來做出頭鳥，更何況連柯葉親王都被抓出來做反面代表了，大家只是損失點娛樂項目和金錢而已，不會在這上頭給陛下沒面子。」

想到這裡涂浩又嘆氣道：「這才是陛下的高明之處啊，他從聯盟來，貴族院、元老院、議會，哪裡都瞪著眼睛看他是不是立刻就要將聯盟那一套立刻就要搬過來，千方百計等著反對。」

「結果陛下上任後，只頒布了幾個新的法令，全都是不痛不癢，天馬行空的，似乎沒有真正觸及貴族們的特權，卻偏偏每一項都十分用心長遠。」

邵鈞終於忍不住問：「他到底頒布了什麼法令？」

涂浩道：「除了複製人那個，第一條是放寬帝國星網和天網的審核，大部分有精神力的良民，都能夠接入天網。」

涂浩咋舌道：「這一條大部分人沒怎麼反對，但是，星網、天網的開放意味著，星網、天網上原有的教育、資訊、資料等等網路資源，將會同時讓所有的平民都享受到。」

他看向邵鈞：「你知道吧？從前平民想要得到一個星網或者天網的資源有多

難。星網、天網上的店鋪營業資格更是被各地貴族一樣把持著，這一放開，廣大民眾能夠得到免費的教育學習機會，擁有更多的就業機會，擁有更豐富的免費資源，比如經商，比如出售自己的技術等等，帝國貴族們、教會將不再能夠壟斷網路資源，而開放的天網則會讓民眾們的精神力提升得越來越高，民眾素質會提高很快。」

邵鈞卻是知道這一條多半是為了回報艾斯丁和羅丹，一舉多得，便點了點頭，又問：「其他呢？」

涂浩道：「另外一個是建立農奴軍校，允許農奴考取軍校。所有領主不僅不能阻攔農奴報考軍校，還必須按比例每年選送農奴報考軍校，一旦考入農奴軍校，農奴自動劃歸為軍奴，所有學費、食宿費全部由軍方支付，畢業後進入帝國軍隊效勞。」

邵鈞露出了所有所思的神情，涂浩道：「一般人只以為陛下是為了補充軍隊這些年的損耗，一般來說，軍奴是非常好用的，但是蟲族戰爭損失太多了。當然這也沒錯，畢竟陛下就算曾經在聯盟過，現在和聯盟總統的關係也還不錯，但是如今已經是各為其國了，總統也遲早會換屆的，就算沒換屆，將來為了利益，國與國之間也隨時有可能翻臉，因此保持軍隊新鮮血液，從帝國廣大的農奴中抽取，是最優的措施，農奴們為了換取一個新的未來，也會拚命學習。」

「而掌握了知識和力量的奴隸越來越多的時候，農奴遲早有一天會順理成章的翻身，取締農奴制度。」

涂浩感嘆著：「我們家的元老們反覆分析後，都覺得這位陛下真是手腕高明眼光長遠，每一步都是如此深思熟慮。我們都以為他只是擅長領軍，沒想到他不僅僅只是一個能夠操控機甲的武夫，而是一名極為高明的執政者。」

「每一條政令，都非常巧妙地分走了領主們、貴族們、教會手裡的利益，而且還都給他們埋下了地雷，這並不明顯。就算領主們看出來陛下的用心，也沒辦法統一聯合所有的領主們反對。他並不會直接上來就取締農奴制度，取締領主、貴族們手中的特權，他只是踩著那條線，放開了許可權，讓平民、讓農奴來爭取自己的許可權。」

「帝國從前也有一位皇帝也直接取消了農奴制，結局是恢復了自由身的農奴們無所適從，沒有土地，沒有工作，飢餓憤怒讓他們反而起義了，柯樺陛下當時也想取消農奴制度，結果連議會都沒通過，那麼多的農奴，一旦全部取消，如何保障他們的權利就成了大問題，勢必會造成動亂，自上而下的改革，往往拖泥帶水，最後變成了革自己的命。」

「陛下這一招就太厲害了，他給農奴們受教育的機會，上升的機會，哪怕只是軍隊，那也是一條非常重要的橋樑，有心的農奴們會抓住這個機會的。而軍方，又完全是陛下掌控著，他還這麼年輕就擁有這樣深沉的用心，我們相信只要給他足夠的時間，在他在位期間一定會做出許多舉世矚目的成績。」

涂浩越說越興奮：「帝國的未來，一定會在這位陛下帶領下，不可限量的！」他兩眼閃著激動的光：「這是一位明君，值得我們全力以赴地輔佐，帝國將會取得前所未有的榮耀！」

「什麼榮耀？」

柯夏忽然出現在了他身後，看向坐在沙發上的邵鈞，露出了個討好的笑容，沒忘記偷偷繼續給自己的臉儘量不起眼地打了一層光——他忙完了政務，過去看病房裡邵鈞不知道啥時候上了天網，也沒和他打招呼，就知道他一定還在生悶氣，連忙也上了天網。

涂浩整個人都被噎住了，雖然自己剛才是在真情實感地拍馬屁，但是被正主聽到的話……他非常迅速彈跳起來，給柯夏行了個禮，然後恭恭敬敬道：「陛下您來了？臣還有些公務，容臣先告退了。」

柯夏道：「去吧。」

涂浩光速下線消失，柯夏看著邵鈞一副剛從格鬥場上下來的樣子，襯衫領口微微敞著，袖子卷在手肘處，一雙長腿交疊伸著，靠在沙發上，黑髮黑眼仍然一如既往地淡漠，但是卻要命的性感。

雖然是天網中，柯夏還是感覺到了那種來自靈魂深處的乾渴感，他坐了過去，謹慎地靠近他，有些心虛道：「是和涂浩打了幾場？你病才好，即使是精神力，最好也不要太過激烈……」

邵鈞道：「沒，他太菜，我們就聊天而已，他在說陛下剛剛頒發的政令，他盛讚陛下目光遠大，胸懷廣闊，治國手段非常高明。」

柯夏可完全沒一點被喜歡的人稱讚的歡欣，鈞這客氣的話說明他心裡還有氣，他可不能置之不理，他環顧了下四周道：「這裡不好，跟我走，我給你準備了一處很漂亮的地方，來。」他放軟聲音誘哄著，小心翼翼地陪著小心。

邵鈞沒說什麼，事實上剛才涂浩說的話讓他被無端隔離的氣消了些，他又不是那種無理取鬧的人，對著一直笑臉看著他的柯夏，也做不出直接拒絕的矯情事，因此還是站了起來，柯夏牽著他的手，一個閃現，出現在了一座美麗的薔薇白塔下。

這是一座非常高的高塔。

從高塔下到上，通體纏繞生長著美麗的薔薇花，讓人想起很多童話中居住在高塔上的公主。

柯夏帶著他從下往上搭著電梯，透明電梯可以從內往外看著整個天網虛擬帝國大陸美麗的建築群漸漸沉落在自己腳尖。

出了電梯，牆上掛著一幅照片，非常醒目。

那是鮮紅的落日餘暉中，邵鈞坐在長椅上，只顯示了一個側影，柯夏轉頭在和他說話，眉毛輕抬，嘴角也微微翹著，臉上的面容還充滿了稚氣。

邵鈞瞬間被這照片拉回了過去的記憶中，他想起來了，那是柯夏確診之後，有一天他陪他出去散步，一個年輕學生替他們抓拍的照片。之後柯夏的病情徹底惡化，每一天都只能在床上毫無知覺地度過。

那天傍晚他們兩人其實都對未來一無所知，一個不知道自己將來能夠克服絕症，回到帝國的權力巔峰，而他自己，則也完全沒有想過當他決定留在柯夏身邊開始照顧他時，他們的命運線已經牢牢糾纏在了一起。

他凝視了那張照片一會兒，原本淡漠的臉色又難以覺察地柔和下來，一旁緊張的柯夏嘴角微微一翹，他就知道他的鈞最容易心軟，他伸出手去輕輕握住他的手：「意外嗎？這張照片是元帥府爆炸後他們收拾我的書房時找到的，這居然是你和我的第一張也是唯一一張合影。」

邵鈞看著照片上柯夏那年輕的面容：「你那時候的性格真惡劣啊，不過長得還是很好看。」

柯夏酸溜溜道：「所以你一直沒扔下我，是不是因為我長得好看？」

邵鈞坦誠道：「長得好看的話，的確容忍度會高很多。」

雖然早已深知愛人的顏控屬性，柯夏忍不住笑了，拉著他進入了房間內。

雖然是高塔最頂上的房間，卻仍然頗為寬敞，還有著寬敞的落地玻璃窗，房間內非常明亮，似乎午後的陽光都照進了窗戶內，房間裡那柔軟的大窗和所有擺設全都在明亮的光線中纖毫畢現。站在掛著窗紗的落地窗邊，能看到蔚藍色的大海就在腳下，無數白色海鳥翱翔著掠過窗邊。

邵鈞微微屏息，站在了窗邊往海面俯瞰，不由也覺得心胸一闊，那種被隔離關在小小病房裡的憋屈瞬間又去了大半。

他伸出手按在窗上，柯夏站到他後頭，雙手從後往前環繞住他的腰，低頭在他耳朵後輕輕吻了下。

剎那間，邵鈞彷彿被一道閃電擊中，怎麼會……邵鈞腦筋一片空白，手按在玻璃窗上，整個耳朵後連著一整片肌膚都已經發熱起來，怎麼會這麼敏感？這身體的感覺，也太鮮明逼真了吧？

柯夏低聲在他耳邊笑道：「原諒我了吧？」他靈巧的手指去解開了邵鈞的襯衫，陽光照在邵鈞的肌膚上，還有不知哪裡吹來的帶著太陽餘熱的風，邵鈞閉上了眼睛低聲道：「這裡太亮了……」

柯夏已經將他按在了床上，笑著道：「我喜歡這麼亮，能將你看得清清楚楚，真好。」

太陽漸漸西斜，終於墜在海邊將落未落，夕陽橙紅透亮，將整個房間照得通紅，夕陽光中邵鈞趴在床上，一隻手緊緊抓在枕頭邊，閉著眼睛喘息著，柯夏側過臉，去吻他的臉，一隻手從伸手去握住了他的手，十指交扣。

過於刺激的感覺讓邵鈞腦中一片白茫茫，他睜開眼睛，但又很快閉上了眼，真的太亮了……過於明亮的光線和熱風的吹過他毛孔過於真實的感覺，讓他有一種自己和柯夏大白天在野外親熱的錯覺，而這種心理上的禁忌緊張感又放大了他的感覺。

哪怕知道這裡是柯夏的領域，不可能有別人在。

天網聯接艙中，黑髮青年睜開了眼睛，心跳急速跳動著，他喘息著推開了艙門，翻身躺上了床，將自己投入了那乾燥柔軟的被褥中，身上已經出了一身汗，頭腦甚至還在眩暈著，那太過強烈的餘韻還殘留在神經裡，他閉上了溼漉漉的眼睛，咬著牙，說好的他病還沒全好，不能在天網裡太過激烈呢？

Chapter 274 長者的遺囑

如果你，步入老年，先我而死
梓樹和馨香的歐椵都將不再
聽到我生者的腳步，我也不會踏上
那將擊破時間牙齒的我們鍛造的地方。
讓另外的面孔玩他們願意的戲法
在那些老屋裡；夜可以壓倒白晝，
我們的影子仍將漫遊於花園礫石
那活著的比它們更像是陰影。

——葉慈《另外的面孔》（The New Faces）

寬大的房間裡極其寂靜安靜，一點亮光都沒有。

艾斯丁轉頭看向厚厚窗簾遮著的窗口，知道那裡必定有星光灑落。

他身體衰弱得幾乎已經無法坐起來，呼吸機正在幫助他呼吸，維持著生命，他知道他已經快要死去，但無人膽敢進來打擾他。

這個時候，他希望專心等一個人。

一個天真、又執著的孩子。

第一次注意到那個孩子，是受邀去一所大學做客座講座。

那一天窗外下著滂沱大雨，他在臺上講課，其實有點漫不經心，因為實在太淺顯了，而下頭的學生又太蠢，光看目光他就已經知道他們沒有聽懂，不過是衝著他的名頭來的罷了。

他隨手打開他的教學影片，準備想著糊弄完這一次課，還掉老友的人情。

然而才說了幾句話，教室的門被推開了，一個男孩子溼淋淋地站在門口，對著所有看向他責難的目光，他微微有些退縮，但仍然恭恭敬敬對著他鞠了個躬：「對不起教授，我遲到了。」

那孩子全身就是個落湯雞，頭髮還在往下淌著水，面容是和所有學生一樣的年輕，但過於深邃的眼睛讓他整個人顯得有點陰鬱不好接近，但看著他的時候，目光是專注誠懇的。

他當時頓了頓，雖然不知道冒著大雨來聽講座是個什麼標新立異出風頭的情況，但還是示意他入座，然後繼續開始講課。

然而隨著他講得深入，他發現，所有學生裡，彷彿唯一認真在聽而且聽懂的，只有這個後來的男生。

他襯衣溼漉漉裹貼在身上，嘴唇也是微微帶了青色，想來並不舒服，但是他似乎全沒在乎，一雙眼睛一直牢牢盯著他和講義，並且緊跟步伐，他講到難點的時候，他皺起眉頭，等他講到解法的時候，他也霍然鬆開眉心雙眼恍然大悟。

這讓他起了點興致，他開始故意講一些很深的理論，而且加快了速度，顯然他也開始聽不懂，眉心越鎖越深，忽然舉手道：「教授！我認為你前面的公式，用錯了。」

講座廳裡一陣嘈雜，艾斯丁抬起眉毛饒有興味看著他，耳邊卻聽到前排女生低聲厭煩道：「又來了，他就不知道今天來講課的是什麼人嗎？每次上課都這樣，熱衷於找老師的錯，好像就他一個人最懂似的。」

「就是，他不想聽人家還要聽呢，次次都這樣，難怪沒有一個教授喜歡他。」

「他好像也不會看人臉色，次次都這樣。」

「別管他，讓他出醜去。」

那男生彷彿全然沒聽到別人的議論，而是很認真站起來道：「您之前說過的，但是您剛才用的公式，卻和之前的不一樣。」

艾斯丁笑了下，伸出手按了按，刷新到了剛才短暫出現的一個公式：「是說這個嗎？」

男生道：「是的，這個公式和您剛才說過的分子變式適用的公式並不一樣。」

艾斯丁看著他專注盯著他的神色，莞爾一笑：「可能是我打錯了吧。」他輕描淡寫地翻了過去，那男生卻滿臉愕然，不知所措的茫然和錯愕交織在他臉上，艾斯丁心裡暗笑，伸手按了下講臺上的中控，將教室的暖風調高。

然後笑著對他道：「如果覺得有什麼問題，稍後我可以解釋給你聽。」

果然課程講完後，那男生站起來滔滔不絕發問，完全不顧旁邊那些竊竊私語的學生們。

但是他的問題的確很有意思，角度都很天馬行空，艾斯丁還挺喜歡他的，一一耐心解答了，順便也解釋了剛才那個不同公式的用意，他解釋得很委婉，但是他知道對方聽懂了，因為他的眼睛豁然開朗，完全理解了他為什麼用那個公式。

很有意思，他心裡想著。

講座結束了，他沒有給其他任何學生提問的機會，宣布了講座結束。

嘩，學生們遺憾地收拾著書，議論紛紛：「又是羅丹，占用了所有提問機會。」

「其他教授都不喜歡他，上次卡洛教授要他給別的同學一些機會，他還在不斷的質疑，簡直是一代挑刺神。」

「他是最喜歡問倒教授，看教授們出醜吧？」

「就是的，可能這樣才能讓他找到點優越感。」

「他這樣真的能畢業嗎？」

「每次考試的確都是名列前茅，但是沒有教授喜歡他，聽說沒人願意做他畢業論文指導導師，估計他完了，沒有教授帶的話，他就只能延遲畢業直到有教授同意他的畢業課題。」

叫羅丹嗎？艾斯丁嘴角微微翹起，拿起講義走了出去，走廊上，那個叫羅丹的學生無視著那些充滿敵意的眼睛，仍然追上了他，深深給他鞠了個躬：「艾斯丁教授！感謝您今天的教導，對我啟發很大。」

他轉頭看著他，忽然笑了下：「聽說沒有教授願意做你的論文指導導師？」

羅丹臉色帶上了窘迫，艾斯丁抬了抬眉毛：「他們是有自知之明，做不了天才的導師吧？」

羅丹愕然看向他，一雙眼睛微微睜大，艾斯丁忍不住笑了：「我剛接到你們大學為期一年的榮譽客座教授的邀請聘書，還沒想好接受不接受，不過現在為了你，我覺得可以接受，另外你的畢業論文課題是什麼？記住我的信箱，傳給我看看吧。一年的時間，夠不夠你通過論文答辯——不過我不會做你的指導老師，我讓你們院長掛名。」

羅丹仍然還在不知所措，彷彿還沒有能完全理解他這一席話的意思，顯然這孩子並不擅長人際溝通，艾斯丁看著他溼漉漉的頭髮和白色襯衣下裹著稍微有些瘦削的身體，將自己手裡掛著的風衣抖開往他身上一披：「回去吧，今晚我就要看到你的論文開題報告，可別生病了。」

羅丹不知所措地拉住那顯然非常昂貴而柔軟的風衣衣襟，這才明白過來眼前這位德高望重的學術泰斗的語意，他竟然願意為自己的論文做指導！

他滿臉通紅，看著艾斯丁轉身離開，張了張嘴想說話，應該推辭嗎？他捨不得，但這是過於貴重的饋贈，他卻一時著急根本想不出這時候應該說出什麼妥當的言辭，只看到艾斯丁幾步已經走遠。

後來他真的在那座大學裡頭任了一年的教，每一天的課堂，因為有那個孩子而顯得不那麼無聊。

任教期結束的最後一堂課，那孩子又快要哭了。

直到他詢問他是否願意來自己實驗室做助手，他才又驚喜萬分地笑了。

那孩子家庭困窘，講座遲到是因為他去打工回來遇上大雨，遲了，但又不捨得錯過他的講座，於是失禮地闖入了他的講座。

他是天才，不為庸人所容。

而他也從未被那些庸人所干擾，因為他始終如此專注在他自己的道路上。

再後來，畢業後，那孩子弄了個立體精神力遊戲專案，根本沒有人願意投資，沒人能夠將精神力資料化，只有他全資投資了那個專案。

那個專案耗費了大概三十年時間，之前幾乎每一年都在巨額投錢，卻一點效益都沒有取得，所有人都認為他上當受騙了，只有他知道，那是舉世罕見的天才，凡人是理解不了天才的。

一直到那個精神力構建的立體遊戲悍然在全聯盟推出，舉世震驚，取得了前所未有的成績和巨額的收益。

人們才開始閉嘴。

而那孩子經過長年的積累，終於也開始源源不絕地出書，收學生，在生物領域和精神力領域成為了舉世矚目的明星，和他平起平坐甚至取得了遠超過他的成就。

當然即便如此，詆謗和謠言仍然追隨著他，有惡意傳謠說他戀童的，只因為他會對聰明的孩子特別留神，有傳言他一直在騙取投資欺世盜名的，他真的於人情世故上一律不懂，也從來不在乎那些。幸好有他一路護著，替他不動聲色清理掉那些惡意的小人，不懷好意的流言。

漸漸他的學術成就毋庸置疑，再也沒有人有資格質疑他，因為他的確擁有著非同凡響的天賦。

艾斯丁在黑暗中無聲地笑了。

那個青澀的，專注的，單純的孩子啊，給他漫長而無聊的一生，帶來了太多的樂趣。

就是以後他要走了，誰來護著他呢，幸好他已經足夠強大了，一般人已經無法撼動他的學術地位。

門推開了，外面壓抑著的討論聲傳了進來，彷彿還在劇烈爭執著什麼，一個修長的身影走了進來，反手將門闔上，將那些聲音關在了門外，一切歸於安靜。

他卻在門邊頓了頓，艾斯丁知道他想做什麼，開口了：「丹尼爾？不用開燈，過來我這裡。」

羅丹顯然在適應黑暗，過了一會兒才走了進來，摸索著在床邊的軟椅坐下，伸手去握艾斯丁的手。

艾斯丁反手握住他的手，笑道：「不需要燈光，我不想讓你看到我臨死前的樣子，那太醜陋。」

羅丹沒有說話，只是緊緊握住他的手，但黑暗中傳來了長長的一聲壓抑不住的抽泣聲，淚水滾燙的一粒一粒滾落在艾斯丁手背上。

艾斯丁笑了：「別哭，人終有一死，你從外面進來，見到了我的子侄們吧？他們都在等我死，為了財產，為了我的專利，他們迫不及待地來到了這座華麗的莊園，等待我咽下最後一口氣。」

羅丹終於開口：「那些都不重要。」

艾斯丁笑著：「我還挺高興的，等我死了，他們會發現他們的期待全部落空，想到這個，我真的太開心了。」

「這漫長，漫長的一生中，人們都以為我是慈善、仁愛的，其實我非常喜歡惡作劇，喜歡玩弄人心，喜歡看著他們的貪婪期待落空，他們的惡欲得不到滿足，每次戲弄人以後，我都非常開心——其實我是這麼惡劣的一個人啊。」

羅丹緊緊握著他的手：「請別這麼說，艾斯丁，您是最純潔的天使。」

艾斯丁笑了下，伸手輕輕在黑暗中撫摸那年輕人光滑的臉：「你還很年輕，我卻已經老了，你還有很多無限的未來，我經過公證的遺囑裡，將我的所有財產，所有專利，包括我的身後遺體，全部交給你處理。」

年輕人在黑暗中彷彿驚跳一般看向他：「不……這不需要……我自己也有錢的……」

艾斯丁截然道：「那不夠，我知道你有太多的東西需要研究，你是天才，丹尼爾，我希望你終身不會為研究資金所累，這筆龐大的遺產全部留給你用於研究和生活，我希望你能夠取得無限的成就。」

羅丹的抽泣聲開始大起來，艾斯丁輕輕摸索著他的下巴和嘴唇：「遺體也交給你，隨你處置研究，這樣，我這一生就沒什麼遺憾了。」

「我遇到了一個天才，我也成就了這個天才。」

「非常圓滿的一生。」

羅丹抽泣著道：「可是我不圓滿。」

艾斯丁笑道：「人生總是很難有圓滿的時候，你還年輕，用我留給你的東西，去追求你的圓滿吧。」

羅丹低聲呢喃，艾斯丁側耳傾聽，聽出來他是在低聲讀詩：

「眼見殘暴的時光與腐朽同謀，要把你青春的白晝化作黑夜；為了你的愛我將和時光爭持：他摧折你，我要把你重新接枝。」

艾斯丁笑了，他伸手摸著那孩子溼漉漉的臉，有些遺憾這最後時光沒能再多看看他，不過沒關係，他的記憶裡那孩子所有的面容都栩栩如生，他低聲道：「再見，丹尼爾，願你今後，所有的願望都能實現。」

「我的愛。」

Chapter 275 自由

因為沒有接種疫苗水痘中招被隔離了一個多月的邵鈞，耐心終於達到了頂點。

他和羅丹通了電話，羅丹仔細研究了他打過的疫苗清單，非常謹慎道：「理論上現在大部分病菌實際上已經可以防住了，剩下的都是一些少見病和季節性的流行病，這個其實之後慢慢補打就行……當然，仍然還是有很小的機率……這個肯定不敢百分之百的保證，小夏也是緊張你……」

緊張個屁！

邵鈞已經忍不住心裡罵粗話了，總之就是關在這溫室一樣的隔離間病房裡，他太無聊，但是一上天網解悶，他很快就遭遇了柯夏的準確狙擊，他簡直懷疑他巴不得天天都在天網上等著他，那座薔薇白塔還天天花樣不同。

每天他都是在精疲力盡的情況下斷開天網的。

他現！在！一！點！都！不！想！上！天！網！了！

忍無可忍的邵鈞終於跑了。

明明到繁星城的時候還是盛夏，現在卻已經進入了秋天，高大的闊葉樹葉片都已經發黃，片片落在寬闊的馬路上。

邵鈞漫無目的地閒逛著，呼吸著自由的空氣。不錯！自由！沒有什麼比自由更珍貴了！

邵鈞隨心所欲走到了湖岸邊，那是很大的一片湖，湖邊人流如織，想來這就是曾經在飛船上柯夏說過的裡頭養著無數發光魚的星光湖了。

不過現在是白天，只能影影綽綽看到裡頭有一些魚在游動。

邵鈞盯著魚看了一會兒，這些日子天天養病，身體裡的精力無處發洩，那種充斥在身體的屬於雄性荷爾蒙的尋求刺激的欲望又湧了上來。

無聊，太無聊了，不知道柯夏什麼時候才發現他逃了，他請花間風他們入侵了那個中控系統，幫自己弄了個錄影裝在監控裡，還篡改了送飯機器人的程式，會自動替他銷毀飯食，只要柯夏不親自過來，一時半會還發現不了——這王八蛋除了在天網狙他，基本上不來看自己，必定是心虛了。

邵鈞轉頭剛想要找人問看哪裡有什麼好玩的地方，卻看到了觀景長廊坡下的路邊，有一輛非常豪放的越野汽車停在路邊，那台汽車造型充滿了力量，陽光下墨綠色的豪放車身閃著金屬光澤，故意裸露在外的機械盾和機械榴彈炮窗更是蘊含著機甲氣息，巨大的四個輪子充滿了視覺衝擊力，像是機械裝甲，隨時能夠站起來變身機械巨人投入戰鬥。

有人正鑽在車底，露出一對足尖在外，另外一個男子站在一側時不時替下邊的人遞個工具，想來是車子出故障了，在修理。

他本就百無聊賴，不由翻過路旁欄杆，輕巧落下去，站在車邊的男子立刻看了過來，目光甚至帶了些警覺。

那男子身材十分高大，有著一頭俐落的褐色短髮，一雙深墨綠色的眼睛，襯衫卷起在手肘邊，露出了結實有力的手臂，雙足蹬著長靴，相貌頗為英氣。

邵鈞笑問：「車子故障了嗎？需要幫忙嗎？」陽光照在他的笑容上，頗為爽朗，又年輕得過分。

綠眼睛的男子目光落在了他看似普通的襯衫上的雲母扣子，不動聲色地笑了下：「多謝，你懂修車嗎？」

邵鈞道：「在機械修理店工作過一段時間，農用車之類的修過，都差不多。」男子眼睛又向下落在了他光滑白皙的手指上，嘴角忍不住又彎了彎，笑道：「那就，勞煩您了？我對這一竅不通，但是也急著有事……」

邵鈞看出來他對自己不是很信任，心裡知道自己在醫療艙泡了那麼久，又好吃好喝好睡的養病多日，如今手上連個老繭都沒有，確實不像個勞動人民，別人不信自己也不奇怪，笑道：「沒事，就是幫個忙。」他低下身子，熟練地往車下邊鑽了進去，和車下修理的男子笑道：「看出來哪裡出問題了？」

車底男子肌膚黝黑，看到他進來如釋重負：「應該是發動機的線斷了，我一個人不太好接，你能幫忙是最好不過了。」

邵鈞抬眼看向照明射燈照著的地方，仔細看了一會兒搖了搖頭：「不對……」他打量了一會兒，伸出手去非常靈巧地替他接好，然後道：「我覺得不是這根線……這根線是鬆了沒錯，但是……你們這車才換了能源？原來是用金錫能源吧？這是剛換了鈦藍銀新能源？」

車底男子道：「啊……您怎麼看出來的？」

邵鈞道：「這線用的不對，新能源配的線是有特定規格的，這個外表看來一樣，裡頭不一樣，差了一股，所以才會燒斷了，你們有空以後再換吧。不過其實這是小問題，現在我覺得是變應調製器的問題，你們換了新能源，這個調製器的調頻你們沒改對。」

他再次從車底靈活地退出來，那男子上車去發動了一會兒，果然紋絲不動，邵鈞直接打開了車引擎蓋，準確的找到了那個調製器，拿出來，手指靈活地在上頭調了下，然後裝回去：「好了！現在應該可以發動了，但是時間久了還是不好，有機會你還是要把連線全部重新換成配套的。」

裡頭那個男子也爬了出來，是個很年輕的紅髮男子，翻身上車發動了發動機，果然車子轟然響了起來，正常了，旁邊的褐色頭髮男子笑著佩服道：「帝國這邊很少用新能源，你怎麼知道這線不對？」

邵鈞道：「我修過新能源的機甲。」

男子笑盈盈：「那你可真的是見多識廣了！」

邵鈞一笑，起身拍了拍手，男子拿了張紙巾給他擦掉手上的機油，一邊看著邵鈞身上那價格不菲的白襯衣已經染上了難以洗去的灰塵，嘴角又露出了那種忍俊不禁的笑容，邵鈞倒沒怎麼留心，一邊擦手一邊道：「好了，那我先走了。」

男子道：「等等，我叫路亞，他叫傑克，你要去哪裡呢？我們載你一程？」

邵鈞道：「鈞，你叫我鈞就好啦，我沒什麼事，就是想找點好玩的地方，不知道你們這裡有沒有什麼娛樂場所？」

路亞笑道：「你想玩什麼呢？」

邵鈞道：「有意思點的，比如說賽車，格鬥，射擊之類的。」

路亞道：「賽車嗎？我們正好是要去探望朋友，他那邊正好有個很大的機車賽車場，你要去看看嗎？是單人機車——賽道很有特色，架設在龐大的機械垃圾山上，非常具有觀賞性。」

他的目光落在了邵鈞雙足上的柔軟運動便鞋，也是雙昂貴的手工訂作純皮鞋，外表看不出任何牌子，包括襯衣、褲子和腰上那低調的皮帶，全都是手工訂作，面料昂貴，靠近的時候，還能聞到淡淡的清香，不是那種廉價的人工香料，是天然香精。貴族們會建專門的房間，在四角放上薰衣用的香氛機，精確計算好量，才能夠達到這種衣服上若隱若現的清香，甚至連穿著衣服的主人都不一定能感覺到。

邵鈞正中下懷：「那最好不過，如果你們順路的話，載我一程好了。」

路亞微微一笑：「我的榮幸。」

邵鈞高興地坐進了寬敞後座內，已經悶在房裡一個多月的他興致勃勃，完全沒有想過回家，興致勃勃看向車窗外的風景，路亞從後視鏡看到這大概只有十七八的少年光潔細膩的肌膚在陽光下幾近無暇，忍不住又笑了下。

療養病房裡。

柯夏坐在空無一人的床上，面沉似水，旁邊是還在喀喀消滅食物的機器人，面前站著花間酒。

花間酒臉色頹唐：「監控錄影全部被篡改了，包括機器人的程式，鈞寶……鈞應該做不到這一點，因為我們不能隨意進出，所以我們也不知道他什麼時候走的，初步推測應該是淩晨時分……」

柯夏沒說話，只是按了下通話，過了一會兒對面花間風接起了電話，忍著笑道：「事情曝光了？別怪小酒了，是我幫鈞的。」

「他也說了就是出去透透氣，當天晚上會回來的，我總不可能不幫他，艾斯丁也提供了點方便。」

柯夏忍著怒氣：「我想你應該知道，他的疫苗還沒有打完，這個世界對他有多麼危險。」

花間風聳了聳肩膀：「夏，他是一個成年人，風險他自己選擇面對，你不能把他真的當成一個小寶寶，關著他管著他，以為就是對他好。配偶也是一樣的，更何況，你們還沒結婚呢。」

被準確戳中了要害的柯夏幾乎要氣破胸膛：「你說什麼！」他冰藍色的眼眸燃燒著怒火射向了對面的人。

花間風並不害怕，笑盈盈：「我說，合法配偶也不能隨意限制人身自由呢。鈞已經很包容你了，當然我們也知道你是對他好，但是現在他已經接種了大部分疫苗，更何況之前他還無保護地在外面跑了那麼久也沒出什麼事。你讓他這樣一直隔離著，以他的個性來說是非常難忍受的，你應該對他有信心，他是個很穩妥的人，就是出去散散心罷了，別擔心太多。」

「當年他一個機器人，你都能放心他混跡在人類中不是嗎？畢竟他並不是個需要人無微不至呵護的人，相反往往他才是保護者那個角色，放寬心吧。」

他迅速切斷了通訊，顯然雖然並不畏懼，但他也還是不想暴露在這位帝國皇帝的怒火中太久，他轉過頭看到關切看過來的羅丹，垮下了臉道：「鈞到底跑去哪裡玩去了，我以為他跑出來了會先來找我們的。」

艾斯丁在一旁忍著笑：「找我們幹什麼？相對無言嗎？實際上，在生活中，我們都屬於無趣的老東西吧，我一直認為鈞是一個非常敢於冒險和尋求刺激感的人，從前的機器人身體讓他更克制和沉穩，現在一具充滿了年輕雄性荷爾蒙的身體，會讓他那熱衷自由的靈魂更熱衷於冒險的。因為強大，所以無畏，你想想當初他都做過什麼驚世駭俗的事，實際上帝國皇帝應該早點接受他的伴侶並不是個過平凡日子的人。」

尊貴的帝國皇帝坐在病床上，胸膛起伏，顯然氣得不輕，被自己的族長坑得不輕的花間酒屏息了一會兒，硬著頭皮戰戰兢兢問：「那現在——要封城嗎？」

柯夏不說話，一個人坐著深呼吸了一會兒，才鐵青著臉道：「不用，等他玩夠了回來。」

延綿不絕的金屬垃圾山上，架設著數條長而光滑的賽道，無數的機車來來往往呼嘯而過，旁邊除了同樣高聲歡呼的觀眾們外，還有震耳欲聾節奏明快的電子音樂在高高的喇叭上放著，鼓點一陣一陣地敲在在場每個人的心中，整個人都不由自主想要隨著鼓聲樂點不由自主搖擺著大喊。

邵鈞情緒果然很快就被現場的氣氛給帶動起來了，驚嘆地看向那令人吃驚的機械垃圾山：「怎麼會有這麼多廢棄零件？」

路亞耐心解釋：「繁星城本就是帝國最大的工業城市，大部分機甲工廠、飛梭、車輛、機器人工廠基地都在這兒，就連聯盟著名的AG公司，在這裡都有生產基地的。這裡原來有個很大的天坑，從前廢棄的機械垃圾都往這裡倒，漸漸地越填越高，反而變成了一座機械垃圾山，後來總督禁止這邊再繼續扔垃圾，但是也沒人處理，畢竟垃圾處理費也很高，這片土地本來也沒有什麼開發的價值，乾脆就這麼堆著了。」

「然後就被機車黨們發現了這裡，湊錢搭了幾個跑道，延續了幾十年，越來越受年輕人的喜歡。」

邵鈞看著機車上的騎手們在跑道上呼嘯著，做出種種特效動作，有些騎手甚至連頭盔都不戴，車背後還戴著衣著暴露的女孩子，女孩子們臉上的神態看著就像用了軟性飲料的那種恍惚和亢奮……他微微搖頭：「這太危險了。」

路亞笑道：「怎麼忽然老氣橫秋起來了，看你還很年輕吧？還在讀書吧？」

邵鈞一默，想起自己在帝國九州大學還沒有讀完的學歷，很尷尬目光閃爍含糊著道：「沒有……這些孩子，也不上學？」

路亞幾乎想要笑出來，濃密的眉毛挑了挑：「這些都是上不起學的，每天不過是打發時間罷了。」

邵鈞啊了一聲：「帝國不是也有義務教育嗎？」

路亞非常耐心道：「義務教育是針對良民的。」

邵鈞茫然看向那些神情飛揚的少年們：「他們不是良民嗎？」

路亞道：「他們是農奴的後代。」

邵鈞一怔，路亞道：「是不是很奇怪，農奴的孩子，應該也是奴隸，為什麼會自由自在在外面浪蕩，竟然沒有在幹苦力？」

邵鈞微微有些尷尬。

路亞有意思地看著對面那黑髮少年的耳朵甚至已經窘迫得發紅，笑著解釋道：「蟲族戰爭後，大量的奴隸逃亡，包括軍奴逃亡，聚集在不同城市的貧民窟內，形成了大量的黑戶，然後生下了沒有身分的後代，就是這些人了。」

「我聽說上次月曜城地下城清理過一次，很多黑戶都被發到北邊去種地去了，估計很快就要開始人口普查，這些人應該很快會被捉回去，再次淪為奴隸，但是他們無路可走，也只能在這裡尋求刺激……生死對他們來可能還不如刺激風光一次。」

邵鈞看著上邊川流不息的機車少年，各個四肢靈活，精神奕奕，低聲道：「他們其實可以去考軍校吧？」

路亞似笑非笑：「是那個新皇帝剛剛創建的奴隸軍校嗎？你知道軍奴是做什麼的嗎？」

邵鈞搖了搖頭，他並沒有隨柯夏在前線很久，但是當年帝國軍一支軍隊，往往是一半正規軍，一半的軍奴，軍奴基本都是後勤服務部隊。

路亞溫和地笑了：「他們一般是做炮灰、衝鋒、苦力的，最苦最累最容易死的任務，都是他們執行，軍奴是沒有上升途徑，也沒有服役期限的，就是說進了軍隊，就要一直做到死——那個什麼奴隸軍校，只不過是培養更高級一些的奴隸，更快一些的刀罷了。」

邵鈞不說話了，路亞拍了拍他的肩膀：「不用想這些不開心的事，來，這裡有租車的，我給你租個車來玩玩，算答謝你。」

邵鈞畢竟不是真正的少年人能夠滿心都是玩，知道這些人的身分後，他猛然覺得柯夏肩上的擔子還沉得很，這些天只要通訊，柯夏總是在埋頭政務，想來是真的忙，這是一個巨大的爛攤子。

邵鈞搖了搖頭道：「算了，你還是忙你們的事吧？不用陪我，我隨便走走就回去了。」

路亞眼眸裡含了笑：「怎麼，是嫌棄他們太底層嗎？我看你家境應該不錯的樣子？」

邵鈞搖了搖頭：「不是的，只是出來時間長了，怕家裡人擔心，還是早點回去吧。」

路亞貼心道：「那我送你回去吧？」

邵鈞搖頭：「不用，你有事吧？不必送我，我自己找個車回去就好。」他抬眼看了下垃圾山上那些醉生夢死的青少年們，太多了，心裡不知為何湧上了一種強烈的不對勁的感覺，常年在高壓環境中培養出來的第六感往往能救他一命，他便對路亞擺了擺手，拒絕了他的好意，離開了垃圾山。

路亞嘴邊噙著微笑，看著邵鈞走遠，他身邊的黑皮傑克低聲道：「就這麼放他走了？感覺像是別有用心，太可疑也太巧合了。」

路亞搖了搖頭：「算了，看上去年紀還小，感覺像是個逃家的小少爺，應該沒惡意，隨他吧。」他看著那頎長身影走遠，忍不住又笑了下，似乎覺得很有意思。

傑克道：「小少爺會修車？還一眼就能看出剛換了新能源。」

路亞道：「家境優渥，接觸過機甲的家吧，算了我們事還多，他不糾纏，就隨他去吧……」話音未落，忽然一聲槍響響起。

賽道上一架正在高速疾馳的機車上的青年忽然一頭栽落到了賽道上，失去控制的機車往前撞出了賽道落下來，而那個青年滾落下來的身體很快被後頭剎不住的機車砰地撞飛，輕飄飄撞到了空中，然後砰地落到了地上，他的頭部早已爆開，像一個爛西瓜一樣。

場中忽然爆發了一團尖叫。

然而又一聲槍響，賽道上又有一架機車再次失控。

路亞變得淩厲之極的眼睛已經看向了一側垃圾山頭，那裡不知何時已經停著一輛敞篷車，車窗架著了一架狙擊槍，車裡的人正在為自己擊中了目標大聲歡呼炫耀。

而就在對面的山頭，還有不同的車正在穿梭著，每一輛車上都有著衣著華麗的人拿著獵槍，對準了賽道上那些疾馳的機車。

人群大呼四處奔逃著，只有永不疲倦的電子音樂聲還在瘋狂播放著，刺激著圍獵者們的欲望和熱血。

「是那些該死的貴族！他們來狩獵了！」圍獵沒有身分的黑戶奴隸，射擊高速疾馳的機車來找樂子找刺激！這些畜生！

路亞暴怒起身，卻被傑克死死拉住：「哥！我們快走！這些貴族肯定帶著保鏢護衛！這裡不是久留之地！您還有大事！」

路亞胸膛起伏，瞪著那些歡呼的萬苦悶牙齒裡狠狠擠出了一句：「畜生！等我辦完事……」他忽然住嘴，看向了一側，在那裡一輛敞篷車本來正開著，一個男子瘋狂笑著揮舞著手中的獵槍歡呼炫耀著自己的戰績，卻忽然被一個黑髮少年貓著腰迅捷靠近了窗戶，以迅雷不及掩耳的速度忽然站起來一把拉住他的脖子，飛快將他從車窗裡拽了下來，狠狠摔在了地上。

那男子大叫一聲抬起頭來已經滿臉鼻血，卻再次迎來了當胸毫不留情力度極大的一腳，男子嚎叫著在地上翻滾了一下，手裡的槍已經被那黑髮少年奪走，然後倒轉槍托給了他後腦勺一下，男子終於徹底閉嘴不動了，也不知道是暈過去還是死了。

噺！路亞忍不住笑了出來，傑克忍不住道：「幹得漂亮！」

卻看見那黑髮少年摸了摸那把槍，很快找到了開槍的竅門，反手先給了那下車想要救助主人的司機一槍，司機腿部中彈哀嚎著滾落在地上，然後很快被路過的驚恐未定的奴隸們圍毆踢打，只能抱著頭哭嚎求饒。

路亞卻緊緊盯著那黑髮少年，他面容平靜站在車前，背靠著車，雙腿微開，腰身筆挺，兩手托起那把長而沉重的長距離狙擊槍，側頭開始瞄準了那些開著華麗敞篷車的貴族們。

砰！

搖滾著的巨大音樂中，一輛跑車車輪被準確集中，直接翻滾著落下了賽道。

砰！又一台跑車被擊中後輪，勉強保持著平衡停了下來。

高亢的電音女聲彷彿詠嘆一般聲聲無限拔高著，荒誕的電音在空曠的垃圾山中回蕩，趾高氣昂的圍獵者們瞬間轉變了角色，變成了被精準狙擊的獵物，開始驚惶地四處逃跑。

黑髮少年眉目寧靜，細膩如瓷的肌膚在鴉黑的頭髮下泛著冷白的光，他的立姿穩如一棵樹，紋絲不動的手臂托著狙擊獵槍，稍微有些長的額髮下漆黑的眼睛始終冷而寧靜，長距離狙擊，仍然保持著一槍擊穿一輛車的準頭。

那是相當驚人的準頭，那幾台華麗漂亮卻在高速疾馳的跑車被一一擊穿了車輪。

這是立姿狙擊，那把狙擊槍是最新款的，很重，但那雙白皙得一個繭都沒有的手穩穩托著修長槍身，甚至連一絲顫抖都沒有。還有之前的劫持、奪槍，迅速破壞對手戰鬥力，嫻熟將車子當成自己背部的屏障，穩而準的射擊，一系列的操作都證明了這少年完完全全是一個久經訓練的戰士。

但那還帶著稚氣的少年面容、白皙細長扣著扳機的手指，細膩光滑如瓷如同貴族精心保養的肌膚，與這樣的老練冷漠的狙擊，形成了極為強烈的反差。

路亞站在遠處看著著金屬光澤的垃圾山陰影裡籠罩著黑髮黑眼少年頎長舒展的身軀，甚至還記得少年身上若隱若現的清香，側臉看到他挺拔的鼻樑和緊抿著的薄唇，這一刻他竟然感覺到了一種驚心動魄的美。

長而尖利的警笛聲劃破了長空。

路亞微微變了臉色，傑克拉著他道：「快走！員警要來了！」路亞看著那個少年手裡拎著狙擊槍，微微轉頭看向遠處的警車，腰線俐落，目光清正而沒有任何恐懼。

傑克看他臉上還有猶豫之色，連忙輕聲急促道：「救不了的！您不是說他家境好嗎？他既然敢動手，必有所恃！我們還是快走吧！萬一員警都來了，我們就走不掉了！您的身分經不起查！還有我們的計畫……」

路亞推開了他的手：「你先走。」已經轉身上了自己的車，加速疾馳，他絕不能拋下他。

但他還是晚了一步，那個黑髮少年轉身單手一撐，已跨入了旁邊那被他打量的紈絝少爺原來的敞篷車內，颼！那車子彷彿起飛一般，全速疾馳，向山下的公路衝去，無數的警車拉著警笛追了上去。

路亞咬了咬牙，還是轉身駕車離開了混亂的現場，還抱著一線希望，那逃家的小少爺目標太大了，不一定能逃掉，希望他家裡可千萬真有點本事能對抗那些貴族，但是心裡卻隱隱知道不太可能，貴族殺奴隸不需要負任何責任，殺良民賠點錢就行，但是貴族殺貴族，那就不一樣了。

被路亞掛念，開著飛車的邵鈞甚至根本沒有停頓，將那漂亮拉風的敞篷跑車直接一路開進了總督府。

然後將那一蜂窩的員警和那群貴族趕上來的護衛一股腦交給了茫然的花間酒，自己躲回了房間，妄圖想要在被柯夏發現前，將自己身上那些小擦傷處理掉。

當然他這樣驚天動地的逃家又聲勢浩大回來的方式自然很快就被報到了帝國皇帝面前。

柯夏推門進去的時候，邵鈞正脫了襯衫對著鏡子用治療儀處理背上被流彈灼傷的地方，然後被正正看了個正著。

帝國皇帝含怒未發，只陰著臉召喚了所有隨行御醫過來，將邵鈞從頭到腳檢查並且對所有傷口等等地方都消毒過一次。

確認不會感染到什麼病毒以後，邵鈞再次被強行送入了治療艙。他心虛，柯夏一句話不說，他也知道對方一定很生氣，老老實實自己進去躺下，很快在帶著催眠的治療液體浸泡下，迅速進入了深睡眠。

柯夏按捺著胸中那幾乎要爆炸的炸藥，眼看著他進入治療艙內安分治療以後，才大踏步出來，花間酒那邊早已手腳俐落地將所有的報告以及錄著邵鈞光輝事蹟的影片錄影全都送到了他跟前。

當看到邵鈞在滿是流彈的機械垃圾山裡滿不在乎地拿著狙擊槍射擊的時候，柯夏直接將書桌上所有的東西都摔到了地上。

花間酒戰戰兢兢，柯夏咬著牙：「查清楚那群畜生都是什麼人，一個個全都給朕流放到荒星去做軍奴！他們不是愛狩獵嗎！給他們找個野獸多的荒星！」

花間酒低聲道：「警察局長還在外頭……」

柯夏怒道：「就地免職！永不錄用！不對！讓廉政署給我查！這樣放任，怕是不乾淨！給我狠狠地查！」

花間酒低頭道：「是。」帝國貴族還用查嗎？隨便哪個拉出來不是劣跡累累，皇帝看不順眼誰，只要查，必沒救了。

柯夏狠狠又將手裡的金筆扔了出去，胸膛起伏，這是他統治下的帝國！隨隨便便出去就能遇上這樣的畜生，還差點受傷，若是那些流彈擊中他……若是那些畜生帶的人誤射了他，若是他開快車逃離追捕的時候有個閃失，無論哪一個都是他承受不了的後果。

然而他竟然一個字也捨不得說他！

於是等邵鈞再次醒過來的時候，是被柯夏壓在床上惡狠狠地吻醒的。

論曠了一個多月天天看著愛人卻不能吃，以及惱怒之下的帝國皇帝會做什麼。

總之邵鈞並不知道那究竟是白天還是黑夜，因為他根本沒有空看向窗外。他也不知道到底任由柯夏胡鬧了多久，身體過於敏感的他很容易就被柯夏拉入了縱情的愉悅和恍惚中。

他被迫叫到嗓子啞透，最後只能從牙關裡溢出破碎的聲音。

迷迷糊糊間，柯夏甚至不知道哪裡弄來了一副手銬，將他手腕銬在了床頭，精疲力盡的他只是抬了抬眼皮看了他一眼沒反對，但帝國皇帝彷彿發掘了什麼特殊愛好一般，又興致勃勃地掐著他的腰將他翻過身，又覆了上去。

邵鈞只是微微彈動了下腰，很快就被帝國皇帝強力壓制下放棄了掙扎落了回去，他新身體的皮膚薄，又在治療艙裡養得過嫩了，眼眶早就紅了一圈，柯夏吻著他溼漉漉的睫毛質問他：「你知道我多擔心嗎？那麼多流彈，你就敢站在那裡躲都不躲！真該讓你被拷去警局好好訊問一番！」

邵鈞開始還含糊著說了幾句對不起，後來疲憊得只管趴在絲被褥裡一動不動。

但柯夏看著他雙手被銬在床頭，無力地垂著頭，側臉泛著薄薄的一層潮紅，短髮溼淋淋彷彿水洗過一般，手臂到背部甚至連著腰側肌肉都被拉長了，現出了極為性感迷人的腰線，不由意亂情迷，伸手扳起他的下巴深深吻著他。

邵鈞透不過氣來，只好無力側過臉強撐著睜開疲憊的眼睛希望轉移他的注意力：「你怎麼處置他們了？」他的聲音沙啞，手乖乖被銬著，身上薄而細膩的肌膚已經全被打上了他的指印吻痕，有著一種被淩虐後破碎的美感。

柯夏征服欲爆棚：「這個時候就不得不讚美一下專制集權帶來的高效率了，那群畜生都已經被我送上流放的飛船了。」他彷彿討要獎賞一般地又湊近邵鈞，邵鈞閉著眼睛微弱道：「不要了，讓我休息一會兒。」

柯夏意氣風發道：「你睡你的。」我忙我的。

直到將邵鈞折騰得再次沉沉睡去，柯夏召喚來機器人，拿了溼熱的毛巾替他一寸寸清理身體，樂在其中地又揩了不少油，才意猶未盡地將絲被覆上他身上。卻捨不得解開手銬，只是躺在一側，伸手賞玩一般地輕輕揉捏著邵鈞銬在一起無力垂下的十指，修長白皙，指尖還泛著微紅，他五指交錯握住對方的手掌，握緊又鬆開，樂此不疲，忽然床頭的通訊響起。

他看了眼是花間酒，知道應該是緊急事，看了眼還在沉睡完全沒有被吵醒的邵鈞，拉起被子將他嚴嚴實實蓋好後，起身出去接了電話。

花間酒聲音充滿了茫然：「陛下，我們護衛隊帶來的能源失蹤了。」不翼而飛，所有的監控、報警系統、執勤護衛隊，全部都沒有任何異常，他也不知道他為什麼總能攤上這麼大的事，前幾天弄丟了鈞，今天弄丟了能源，他已經在考慮要不要引咎辭職了。

帝國還有人敢偷走皇帝的能源？

這實在太魔幻了，柯夏看了眼還在床上沉睡一時半會不會醒的邵鈞，關上門走了出去。

黑暗如同墨汁一般浸透了夜空。

靜悄悄的總督府裡，一個披著漆黑斗篷身材修長矯健的男子從總督府裡不起眼的地方走了出來，有人低聲道：「大人，總督府這邊最近來了逐日城的大人物，我也不知道是什麼人，但是戒備森嚴，一個總督府原來的人都不用，您現在還來總督府這邊太危險了，還是早點離開吧。」

披著斗篷的男子嘴角噙著笑，聲音渾厚：「就是要在總督府鬧出大動靜，能源那邊才好瞞天過海……總督的主臥室還是在原來的地方吧？」

那個黑暗中的人物微微打了個抖：「大人……不然還是算了吧，我總覺得他們不好欺負，前天繁星城的員警分署來了，說要追捕什麼犯人，最後垂頭喪氣地離開了，之後杜克伯爵、懷特子爵都親自上門拜訪，但也都灰溜溜地回去了，我總覺得他們不好惹，全程總督都沒有出面過。」

男子微微掀開斗篷，昏暗的燈光下露出了個嘲諷的笑容，以至於那帶了幾分冷峻的下頷線條都柔和了點：「是來了逐日城的大人物就更好了，讓我送給這些狗貴族一個印象深刻的大禮。」

男子一路通行無阻，顯然對總督府十分熟悉，而所有的中控系統也彷彿對他全不設防。他進入了總督府的走廊外，才踏入臥室果然身體就頓了頓，還真是來了大人物啊。

臥室門口，筆挺地站了幾個近衛，穿著的是皇室近衛軍的服裝。

來的是皇室貴族嗎？男子漫不經心抬腕，在手腕上的儀器鍵盤上敲了敲，過了一會兒，幾個近衛通訊器上同時收到了一條資訊，緊急任務，要求他們即刻到大門戒備。

幾個近衛抬腕看了下，謹慎地對視了一眼，然後的確是走了，但仍然留下了一個把守在臥室門口。

嘖，果然訓練有素，看出來這次的大人物真的很重要，男子已經迅速在心裡估算出了幾個人選，然後以鬼魅一般的身法忽然出現在了那個近衛身後，近衛身子晃了晃，迅速被他用麻醉彈擊中倒在了地上。

他悠閒地跨過近衛身上，推開臥室門，走了進去。

臥室是個套房，外間從傢俱到擺設，全部換掉了，和從前完全不一樣的風格，但卻充滿了低調的奢華，以及一種非常奇怪的潔淨感。

似乎主人有潔癖一般，整個臥室套房的外間，都一塵不染，乾淨到極點，所有的傢俱都擦得光亮，東西也非常非常的少，極簡風格的書桌上只扔著幾本書——一本帝國地圖，一本星圖，還有一本密密麻麻的全是各地的賦稅收入情況。

男子拿起來翻了翻，看到厚重精美的紙張甚至還微微有些捲，裡頭還有不少筆劃加重的痕跡，旁邊還有著批註，非常漂亮的貴族特有花體字。

男子墨綠色的眼眸裡露出了一些驚訝，而更驚訝的是，這套房似乎並不是一人住，旁邊仍然設著另外一張同樣寬大的書桌，但這桌子很乾淨，只有一本非常厚的機甲原理書，仍然是時常被閱讀的樣子。

男子嘴角挑起了嘲諷的笑，在那張漂亮的桌子內安上了一個「小禮物」，這個小禮物一會兒會放出巨大動靜，讓這位來自逐日城的「大人物」嚇一跳。

他走進了臥室的內間，打算在臥室裡也留下些紀念品，但一進去就愣了下，床上居然有人。

月色淡淡照進窗子裡，朦朦朧朧只看到一個少年趴在那裡，雙手被銬在床頭，被子下露出白皙肩頭。

男子臉上那嘲諷的笑容又冒出來了，剛才看到桌上那些書和字生起的一點好感瞬間被抹平了，貴族的花樣真是眾所周知的糜爛。

但是有人的話，等等那小禮物炸開會著火，到時候這小玩意兒被鎖在床上，怕是會殃及池魚，他原本這個計畫，並沒有想到這裡會有人，原本得到的情報是能源失竊，這裡住著的大人物已經離開了臥室，他趁機在這裡製造點騷亂，轉移注意力。

他想了下輕巧上前，打算將那可憐小寵物的手上手銬給解開，至少等等能離開房間。然而他才靠近床頭，那少年就忽然警覺抬起頭來：「誰？」

月色下他只看到對方抬起眼來瞬間清明淩厲如野獸的眼睛，然後瞬間就要起身，然而床頭手銬喀地一聲響阻止了他起身，然而對方並沒有絲毫遲疑，而是雙手握著床柱借力雙腿縮起然後狠狠向他胸口蹬去！

這一下又快又狠，幾乎難以想像之前他還在沉睡或者昏迷中。披著斗篷男子甚至根本來不及躲開，只來得及本能地將手橫過來擋住了那雙踢向自己的長腿。

砰！

好大的力度！

幸好他的手上還裝著外骨骼的手甲，否則這一踢如果正中他胸口，只怕肋骨會骨折，他被踢得向後蹬蹬退了幾步，心中暗驚，抬頭卻看到那少年顯然也被反震得摔回了床上，悶哼了聲，月光正照在他正臉上，他心頭一震，已叫了出來：「鈞？」

邵鈞愕然抬頭，他原本正在沉睡中，忽然隱隱約約感覺到有人靠近，迷迷糊糊一睜眼忽然發現不是夏，驚得立刻依靠本能做出了攻擊，但卻一時沒能掙脫那可惡的手銬，雙足又被巨大的反作用力震得一陣劇痛，大概腳被扭傷了，結果那披著斗篷的高大男子忽然喊出了他的名字。

他抬頭喊道：「開燈！」

中控系統毫無反應，那男子卻將斗篷帽子往後掀開，月光照在他的臉上，邵鈞一怔：「路亞？」不錯，這名神祕潛入臥室的男子，正是他曾經見過的路亞。

路亞神情複雜，微微舉起雙手示意：「我沒有惡意，我替你解開手銬。」他上前不知用什麼，很快替他解開了手銬，然後又一言不發，將斗篷解開，上前忽然將寬大的斗篷覆蓋在了他身上，嚴嚴實實替他將斗篷系好。

邵鈞這時候才想起，他身上什麼都沒穿，經過剛才那一下，被子更是早已不知滑落何方，幸好光線昏暗，對方還真是溫柔……只是究竟發生了什麼？中控系統為什麼沒有反應？夏又去哪裡了？路亞怎麼會深夜出現在臥室？

他手腕得以鬆開，連忙道了聲謝，翻身想要下床，結果左足落到地板，一陣劇痛從足踝傳來，瞬間嘶了一聲，路亞伸手立刻扶住他，將他按回床上，低頭道：「別急，我看看你的腳……」他手心晃了下，手甲手心側亮起了一個小燈，照到邵鈞足踝上，然後清晰地看到了腳踝上頭清晰新鮮的牙印，心裡一沉。

邵鈞卻沒注意，只道：「沒事，應該只是有點脫臼了，復位就好了。」又問路亞：「路亞先生？你怎麼會在這裡？」

路亞心裡已經做出了個決定：「沒什麼，我來辦點事，你跟我走吧。」

邵鈞茫然抬頭：「啊？不啊，走去哪裡？」

路亞還沒有來得及說話，臥室外間已經忽然爆發出了巨大的爆炸聲。

邵鈞在極度愕然中被路亞一把抱起，已經迅速熟門熟路地從窗戶翻了出去，急速奔跑起來：「一會兒和你解釋。」

動。

總督府此起彼伏地爆炸聲陸續響起，然而中控系統的警報聲卻完全沒有被驚大天使。

整個總督府的上空，徐徐升起了無數的爆炸煙花，組成了一個火紅色的雙翼的

邵鈞抬眼看著那個天使，伸手扼住了路亞的脖子：「站住！」

路亞在花園的一角站住了，但邵鈞感覺到了他脖子上的聲帶在微微顫動，彷彿在笑：「你可以信任我，聽說過自由天使嗎？」

邵鈞搜刮了一下腦海中對帝國的記憶：「一個……反奴隸制度的人權組織？」

路亞道：「不錯，我們為奴隸爭取人權，這次來繁星城辦點事，你過得不好吧？和我走吧。」

邵鈞想到剛才自己被銬在床頭，明白對方這是誤會了，只好忍著羞恥解釋：「不是你看到的那樣的——就是情趣……」

路亞忍不住又笑了下，低頭看向他，神情是包容的：「傻孩子，貴族都是隨心所欲為所欲為的，你年紀小，很多事還不懂，以後我慢慢教你，現在我們立刻得走了。」

他又快速奔跑起來，沒有繼續管那扼制在他脖子的手，一路上如入無人之境，所有的中控警報都沒有觸發，顯然他雙腿加裝了機械裝甲，跑得飛快。

邵鈞忍不住問：「這裡戒備森嚴，你到底怎麼進來的？中控警報怎麼沒有作用？」

這也太危險了！帝國皇帝的出巡居住的房間，自然是早就被安全專家前後排查過多少回了，竟然能被人神不知鬼不覺地潛入。上次自己逃出去，借助的是花間風，但那基本就是個內賊，加上自己本就有通行許可權，才暢通無阻，這一次呢？嚴格的中控系統和戒備森嚴的近衛，竟然都沒有起到作用？帝國皇帝的安防，如此不堪一擊千瘡百孔嗎？

路亞笑道：「總督府的中控系統早就被我埋入了病毒，平時一直潛伏著罷了。門口倒是把守著近衛，我劫持了通訊，他們發了個訊息讓他們去大門口戒嚴了。」

邵鈞無語，問題是柯夏進來以後，安全專家應該是重新檢查過中控系統的，他腦海裡一閃，一眼瞥見空中那還沒有散去的火紅大天使焰火，忽然想出了對方的身分：「你是那個著名的網路病毒專家熾天使！」

路亞奔跑著，還是忍不住笑了：「看來我還挺有名的。」

邵鈞道：「據說你製作的網路病毒駭過很多帝國和聯盟的星網。」

路亞彬彬有禮：「其實很多時候是其他人借著我的名頭，我並不太愛出風頭。」

邵鈞道：「每次駭過以後都留下栩栩如生燃燒著雙翼的天使，所以人們叫你熾天使。」

路亞已經輕而易舉帶著他從總督府的後門走了出去，那裡靜悄悄停著一輛飛梭，他將他往飛梭裡頭塞進去，邵鈞反應過來，按著飛梭門：「等等……」

他再次失蹤，柯夏會把花間酒給拆掉的……

路亞卻笑了，低下頭俯視著這少年，外頭光線亮很多，黑髮少年的聲音微微沙啞，斗篷對他來說很寬鬆，但耳邊、頸邊的白皙肌膚上全是被粗暴對待過的印子，就連按在飛梭門邊的手指上，也全是慘不忍睹的痕跡。

他應該是剛剛被懲罰過，懲罰他什麼呢？擅自開槍在外射了貴族們的座駕？員警也拿他沒辦法，所以他當時才那麼毫無畏懼。因為帝國就是這樣的，哪怕貴族身邊的小玩意，貴族沒有失去興趣之前，那也是有特權的。

更何況這孩子真的還挺可愛的。

他問道：「他對你還挺好是不是？你突然離開，怕他擔心？那個把你鎖在床上的貴族？」

邵鈞臉微微一熱，路亞低聲道：「你有正當職業嗎？」

邵鈞一怔：「算是有吧……」

路亞了然：「近衛？總之是他身邊的職位吧？還給你開了優渥的薪水？」

邵鈞啞然，路亞仍然笑意盈盈低頭看他，背後是不斷爆發的天使焰火：「總之是他一句話，就可以取消的職位。你還能讀書，能受教育，能學射擊，學機甲是不是？給你優渥的衣食住行，都和他一樣，極盡奢華。但是他不高興的時候，又可以把你鎖在床頭，說是情趣，嗯？」有這樣變態的癖好，又有這樣滔天權勢，聯繫到書桌上的那些書，那個人呼之欲出，應該就是從前掌管帝國軍的柯葉親王。

「小朋友，那不叫對你好，你只是他的小寵物，他喜歡你的時候，對你挺好。他不喜歡你了，就可以剝奪掉你的所有，甚至連做人的權利都沒有。當他一個小小的任性，就能改變你的人生的時候，那叫控制，不叫喜歡。」

「真正的自由不是這樣子的。」

邵鈞看向他，心裡掙扎著，這個自由天使組織，一向很神祕，無論聯盟還是帝國，都找不到組織者，只知道也有軍隊和祕密基地，對帝國貴族是旗幟鮮明的反對，但之前的蟲族戰爭，他們也蟄伏了一段時間，如今蟲族被殲滅，這是又繼續出來活動了？這是一個難得的一睹其中機會，但是柯夏……

路亞伸出手輕輕碰了下他的耳垂，那裡仍然有著鮮明的牙印：「跟我走，我帶你看看真正的自由。」

邵鈞猶豫了一會兒道：「不，算了，你走吧，我不去了。」以後再說吧，柯夏會瘋掉的。

路亞手落下，手甲上彈出了一根麻醉針，輕輕插入了邵鈞的頸側，然後抱住他滑下的身軀，看著對方睜大的漆黑眼睛，眼神從清明慢慢變得渙散，輕笑道：「睡一會兒就到了，我時間太少，還有些事要忙，之後和你慢慢解釋。」

「你還小，很多事不懂，不過沒關係，我可以教你。」

將陷入沉睡的少年斗篷裹緊塞到後座安置好，路亞將飛梭門關上，進入駕駛座，沒想到這次來拿能源，還能順便有這樣的意外之喜，得了這麼一個好苗子。他滿意地啟動飛梭，迅速滑入了黑暗中，背後的總督府裡，層層綻放的焰火彷彿還在奏響一曲凱歌。

邵鈞醒過來的時候，已經在一艘飛船上，外頭是茫茫宇宙。

他起身看到有一套乾淨衣服整整齊齊疊在床邊，將衣服往身上套好，走到窗邊往外看著，但以他有限的星際旅行經歷，什麼都看不出。

「你也搭乘過飛船吧？」邵鈞轉頭，看到路亞剛剛推門進來，他穿著黑色襯衣，腿上套著靴子，看到他笑了下：「對不起，把你強行帶了出來。」

邵鈞道：「你們要帶我去哪裡？」

路亞笑了下站到他身邊，看著外面無垠的星空：「你知道嗎？這片星空，原本是由一個強大的星盜組織占領，他們的組織首領叫霜鴉，後來他去了聯盟，現在是聯盟元帥，從一個奴隸，變成了聯盟元帥，他是帝國很多奴隸的偶像。」

路亞看了眼他的神色：「你認識他？」

邵鈞很老實道：「認識。」前些天還通訊過。

路亞笑了：「畢竟他算是你的前輩，我把你的照片在帝國資料庫中檢索，查到了一些很有意思的東西。」他看著眼睛陡然變得冰冷的邵鈞，忍不住還是非常想笑，這孩子，真的太有靈性了。

「你的資料完全是偽造的，一個孤兒的資料，之前的資料完全沒有你，非常突然才出現在了人口資料庫中，擁有了合法的身分，並且進入了帝國九州大學就讀，卻沒有讀完……」

「然後我又順手搜尋了一下，在一個已經被取締了並且被完全銷毀的地下實驗室資料庫裡找到了你的資料，竟然是一個複製人。」

他看向面容冰冷的邵鈞：「你當然不是複製人，那個實驗室一直在替貴族們做一些見不得人的東西，前些日子全部被掃蕩關閉了，我推測你被實驗室用來做了什麼人體實驗，然後將你作為複製人賣了出去，顯示售賣的物件是帝國一個郡王，叫柯葉的，據我所知那就是個熱衷於製造複製人怪物角鬥的畜生，想來你經過幾次倒手，到了柯葉親王手裡？」

邵鈞不說話，路亞道：「我知道你很憤怒，但是也請原諒，對於我來說，只要能在星網聯網過的資料庫，對我都不是祕密，而我們的組織很機密，帶人進來，我必須要查他的底細，和你坦誠交代，也是不希望你以後得知更憤怒。」

路亞溫和看著他：「我只是希望能和你有一個比較坦誠的開場。」

「作為交換，我也和你說說我的過去。我同樣也是奴隸的孩子，我的母親非常漂亮，她深受她的主人寵愛，直到某一天，她被一個喝醉的同樣是貴族的客人強姦，並且懷孕了。」

路亞看著眼前那少年原本帶了些怒氣的臉瞬間緩和了下來，這是一個內心很溫柔的孩子，可以知道為什麼素來殘暴聞名的柯葉親王為什麼會寵愛他，單純而直接，卻又天賦高到驚人。

就連他看到在垃圾山下冷靜狙擊的他，也瞬間就起了愛才拉攏之心。

他笑了下：「就是那樣，主人無法原諒自己的寵物被人玷污，先將我母親送去給了強姦她的貴族，結果那位貴族正要娶妻，堅決退回了這份禮品並且矢口否認曾經享用過她，從那一刻起，她的命運就已註定了。」

「昔日有多寵愛，這一刻被弄髒的她就如何被嫌棄，她被貶到最辛苦的洗衣房，終日勞作，直到生下孩子，過於辛苦的工作也很快讓她的容顏迅速失去了昔日光彩，與此同時，作為被主人嫌棄的已經髒了的女奴，會遭到什麼事，我應該不需要說，在我懂事開始，母親的房間裡就一直會有男子進來，隨時隨地，所有人都可以侮辱她。」

他笑了：「她後來瘋了，我小時候一直在聽她作夢一般地回憶從前她的主人對她多麼好。」

他看向邵鈞：「和主人一樣的衣食住行，昂貴奢侈的衣裝和珠寶首飾，以及彷彿和貴族一樣平起平坐的特權，甚至參加過皇宮的舞會，因為她驚人的美貌。」

「人還是那個人，只是她失去了作為寵物的價值，於是就變成了最低賤的物品，而直到死，她都認為因為自己已經髒了，不配主人的愛，她從小就恨我，我一直在遭受莫名其妙的來自生母的虐待，很久以後當我知道母親原本應該是這世上最愛你的保護者時，我感到非常不解。」

他靠近了邵鈞，輕輕碰了下他的耳垂，那裡的齒痕已經變淡：「他們會給你灌輸觀念，你是屬於他的，你的一切都是主人賦予，他們可以隨時收回，只要你不乖，不聽話。」

「你知道聯盟元帥霜鴉的過去吧？他曾經屬於貴族中的一員，卻因為得罪了皇帝全家被問罪，他那時候還小，淪為罪奴之時，被柯葉親王收了回去，因為他極高的天賦而對他不錯。然而，只是一點小懲罰，他對霜鴉進行了基因改造，為了讓他的奴隸更美貌，或者說是一個小小的懲戒，霜鴉從此失去了聽力，並且換來了一雙珍貴的異色瞳孔。他後來駕著他的機甲逃走了，並且縱橫星空，淪為星盜。」

邵鈞垂下了睫毛，路亞按住了他的肩膀：「你有著驚人的天賦，想來柯葉親王也很寵愛你，但是，當你開始違抗他的時候，懲罰就開始了，開始只是鎖在床上，後來會不斷升級，他會馴養你，讓你心甘情願為了他付出一切，並且接受來自他的一切行為，無論是寵愛，還是懲罰。」

「你是一個獨立的人，人天生就應該有的權利，你和那些貴族一樣都擁有，珍惜你的天賦，我不強留你，你可以留在我身邊一段時間，如果到時候你還是想要回去，那也隨你。」

他看向邵鈞道：「我一直希望尋找一個有天賦的學生，教會他我的所有技能，但是目前還沒有遇到一個聰明的人，我希望你是那個人。」

邵鈞轉頭看著他，眼神有些詫異和疑惑，路亞笑道：「你還有什麼想問的嗎？」

邵鈞搖了搖頭，他其實是覺得奇怪，似乎是從花間風開始，每一個人似乎都對他很吃驚，總是有人和他說他很強，如果以前是那具機器人身體帶給其他人的錯覺，現在他已經完全是一具實實在在的人的身體了，但是他再次遇到了這樣一個陌生人，這麼直白地表示欣賞他。

路亞卻深深看著他：「你比我想像的還要沉穩很多——柯葉親王，大概從霜鴉身上吸取了些教訓，把你教得不錯。」不像是一個初涉人間的少年。

邵鈞面無表情地回視他，路亞和他對視了一會兒，終於忍不住笑了：「我得承認，這次能遇到你，我真的太高興了。」他的聲音很醇厚，看著邵鈞的眼神也分外柔和。

飛船很快抵達了目的地。

下船的時候，邵鈞再次站住了腳，他看到了歡呼著的人們正在卸載一件一件的能源，上頭統統打著皇室金鳶花的特製標誌。

路亞笑著在他身邊：「從總督府倉庫偷盜的能源，足夠我們基地度過這個冬天了。」

邵鈞不禁沉默。

可憐的小酒，他完了。

不知道花間風能不能保住他。

停機坪下是長長的通道，幾個同樣十分高大的男子早就等候在飛船舷梯下，走上前來，非常恭敬對路亞說話：「老師！您回來了！」

路亞笑著點了點頭，打頭一位同樣有著墨綠色眼珠的青年非常不高興對路亞說話：「我聽說您本來是去訪友，最後卻又自作主張弄了一批能源回來，太危險了，您想要，和我們說，讓我們去行動就行了，為什麼要一個人行動？前些日子皇帝剛剛巡視過繁星城，您這個時候貿然行動，實在太冒險了。」

路亞笑道：「你是當我老了嗎？輕鬆得很，而且這一批能源品質很好，等你們過去，那說不定都沒了。」

青年看了眼邵鈞：「這是誰？」

路亞道：「帶回來的小朋友，叫他鈞吧，要好好對他，如果可以，我打算收他做我的弟子。」他轉過臉對邵鈞道：「這是伽爾，是我的大弟子，你有什麼需要的都可以找他。」

伽爾用銳利的目光上下審示了邵鈞上下，路亞卻拍了拍他的肩膀：「不要嚇到小朋友，他的用度都在我的額度裡扣。」

格雷轉眼笑對路亞說：「那怎麼能扣老師的？扣我的就行。」

一行人走出了長長的通道，走出了室外，邵鈞忽然眼前一亮。

一整片山谷雲蒸霞蔚地開滿了粉紅色的花，灼灼逼人。

暖風挾著花香兜頭向他們吹來，像是瞬間將他們擲進了一個絢麗溫柔的夢中，他陡然站住了。

路亞轉頭看向他彷彿呆住了的樣子，哈哈大笑：「怎麼樣？美吧？等你留在這兒久了，就捨不得走了！」

邵鈞轉頭看向路亞，臉上難得帶了一絲迷茫，路亞伸手拉著他向前走，穿過了那些粉紅色的花樹，一路走一路笑道：「這裡是從前人類遠征軍的遺址，你太年輕，可能不知道什麼叫人類遠征軍，總之我們現在的這座星球，並不是人類一開始誕生的地方，對於這座星球來說，我們是異鄉來客。我很久以前無意中找到這個地方，有很多很有意思的地方，你可以隨意走隨意看看。」

他很溫和，看到邵鈞轉頭看向一側高聳山崖上深深鐫刻著的幾個典雅舒展的方塊字，笑道：「看什麼？那應該是一種字，不過似乎沒有流傳下來。」

邵鈞喃喃道：「桃花源。」

路亞沒聽懂：「你在說什麼？」

邵鈞沒說話，只是微微有些恍惚地跟著路亞走到了桃花深處的一座白色小樓中，路亞看他忽然變得十分乖順，心裡也很安慰，指著道：「你住下邊，讓他們替你收拾房間，我來帶你遊覽一下這兒的遺跡。」

伽爾皺起了眉頭：「老師，您一路過來，需要休息了，我帶他去遊覽吧。」

路亞興致勃勃：「沒事，我不覺得累，你替鈞收拾一下房間，我們很快就回來。」他絲毫沒有掩飾對邵鈞的愛護，拉著邵鈞的手直接走出去了。

伽爾還是第一次看到一貫冷淡又有些傲氣和矜持的老師這樣哄一個孩子，畢竟老師在這裡是像神一樣的角色，他有些無奈，神色微妙地看了眼路亞身後的傑克，傑克心領神會，微微點了點頭遲了兩步留下了。

路亞絲毫未覺，只是帶著邵鈞一路走了出去，遠處桃花樹下有許多孩子奔跑著，但都很自覺地沒有往這邊來，應該是路亞好安靜的緣故。

他帶著攀上了一座巨大的飛船殘骸一樣的破舊旋梯上：「這裡破舊得很厲害，我們當時稍微做過一些修復，但是基本保持了原樣，根據一些殘留下來的衣物等等，對照歷史上的一些資料，這裡應該停留的是人類遠征軍的一支部隊，不知道為什麼脫離了大部隊，在這裡隱居了下來。」

「還可以看得出來他們能源耗盡，只是過著自給自足的生活，因為這裡上千年都是人跡罕至，我發現這裡的時候，還能發現不少適合人類食用的作物、蔬菜還有這滿基地的桃花，看得出他們非常擅長種植，品種非常多。」

「最後這支部隊大概還是離開了，留下了這些桃花和作物，經過一代代恣意生長，變得生機勃勃，發現這裡的時候，我非常喜歡，似乎像是神賜的領地一般。無論誰來到這裡，都會愛上這兒。」

他帶著邵鈞一路走進了飛船內部：「這裡頭有用的設施都已經被拆得差不多了，我當時在他們的主腦裡頭發現了一些資料，不知道有什麼用，但上了許多道安全口令，破解它們我用了一些時間，但打開後只是一些奇怪的資料，我完全看不懂。」

他站在主操作臺上，看著寬大的艙外陽光下的桃花：「但是我很喜歡來這裡，每次有解不開的安全鎖，我就會來這裡坐著，一邊對著外面明媚的桃花，一邊靜靜地思考。」

邵鈞張嘴問：「那些資料……是什麼？」

路亞搖了搖頭：「在我看來完全是亂碼，毫無規律，但是這麼珍而重之地藏著，我也很好奇，我有在星網求助過其他領域的專家，有生物專家說有些像人腦記憶的資料化，不過並不成熟，興許是很久以前人類軍的一些研究素材吧，但是沒有一些記載，所以無可追溯。」

邵鈞道：「我能……看看嗎？」

路亞微微詫異，但卻又心喜他有興趣，只要有興趣，他就有機會教導他，他點開了自己手腕上的立體螢幕：「這裡早就沒有能源損壞了，我是在這裡的主腦記憶體裡頭拷出來的一些資料，只是一些代碼，你應該看不太懂的。」

他打開了一個資料夾，邵鈞屏息了，他看到了一個檔案名下的熟悉數字，那曾經是他許多年前在特種部隊的編號。

他垂下了眸，彷彿一切之中冥冥自有因果……一段被資料化的記憶，或者靈魂，被層層加密，保存在桃花源中殘損的人類遠征軍飛船中，卻又在無意之間，被一位代碼安全專家破譯，然後傳上了星網……又不知是如何，經過種種周折，重新覺醒了記憶和靈魂，在一個機器人身體裡頭復活了。

原來他是這樣來到這個世界的。

路亞還在笑著：「應該是我們無法理解的代碼，它被許多道安全金鑰保護著，但是我還是解開了它，可惜無法破譯，我傳在星網上的時候，它竟然還自動運行了，之後就再也沒有運行過了，彷彿自動損壞了，我招募專家破解，目前都還沒有結果……」

他忽然停止了說話，因為邵鈞忽然上前結結實實擁抱了他一下，他詫異看向邵鈞，邵鈞微笑著道：「謝謝你。」

路亞不明所以，但卻被邵鈞那雙漆黑眼睛裡誠懇的眼神所觸動，忍不住也笑了：「嗯？感謝我強行帶你來這麼美麗的地方？」

邵鈞笑了下，看了眼路亞墨綠色眼睛裡頭帶著血絲，臉上神情也有些疲憊，沒說什麼，他道：「你累了吧？我們回去休息吧。」

之前那個伽爾一直催著路亞休息。他們應該也走了很久，雖然自己是在睡眠中，路亞卻是帶著這麼多偷來的能源返航，想必一直處於警惕緊張中，之前還做了那麼大的事，現在繁星城那邊已經天翻地覆了吧。

也不知道柯夏怎麼樣了，邵鈞垂眸想著，但對路亞卻沒有了那種隱隱戒備和抵抗的情緒，路亞顯然也感覺到了他態度的突然轉變，雖然有些納悶，但還是鬆了一口氣，也帶著他走回房間，一路上給他指點：「那邊有學校，有工廠，大部分都是收留的奴隸，你有空可以自己走走熟悉情況。」又叮囑他：「有什麼需要的，就找伽爾，他雖然嚴厲，但是是個好人。」

「就是在垃圾場見過一次後，大人就非常欣賞他，雖然當晚沒說什麼，但看得出很擔心他被帝國那群狗員警逮捕。但是我們有大事嘛，再不弄一批能源回來，咱們基地可就真過不下去了。後來他帶著人手去偷了能源後，就一個人去了總督府說是要弄點大動靜出來，方便我們渾水摸魚中出城，結果後來和我們會合的時候，就把這孩子帶回來了。」

「說實在的我還挺喜歡他的，開槍可真是漂亮，那準頭，一槍一台車，嘖，這麼年輕，肯定下過苦工，還這麼細皮嫩肉的，大人看起來就很喜歡他，在飛船上還去看了他好幾次，還讓萊薩爾去看了他幾次，怕他麻藥用過量了，我還是第一次看到大人這麼緊張，平時他都是什麼都不怕，非常鎮定自若的。」

伽爾眼眸銳利：「他駕車跑了，帝國那群員警狗會放過他？槍擊那麼多貴族，竟然能全身而退？老師是去總督府把他帶回來的，那本應該被追捕的他怎麼會出現在總督府？他的隨身衣物物品有檢查過了嗎？會不會有什麼追蹤器？」

傑克語塞，過了一會兒有些為難道：「沒有衣物。」

伽爾沒反應過來：「什麼叫沒有衣物。」

傑克道：「就是那樣，大人帶他回來的時候，他是昏迷的，身上就只包了大人的斗篷，連鞋子都沒有，他現在身上穿的全是我準備的。」

伽爾太陽穴上青筋暴起，傑克恍然大悟道：「會不會大人就是怕他身上有跟蹤器，才把他衣服鞋子全都給扒了！大人真是謹慎小心！」

伽爾臉色難看揮了揮手：「關於他的身分，老師什麼都沒說嗎？」

傑克搖頭：「沒有說，只說想要收他做弟子，讓我們對他好點。」

伽爾陰著臉，打發了傑克，讓人收拾出來一間房間，出來就看到路亞帶著邵鈞走了進來，那黑髮少年臉上帶著微笑，不知道在和路亞說什麼，路亞瞇著眼睛也笑了。

伽爾心裡冷笑，一個被強行帶來的人，立刻就能對擄自己來的人心無芥蒂，談笑平和？一個用槍精準如神，能夠精準識別出新能源，在路上這麼巧修個車就能遇到路亞，簡直渾身都是疑點，老師是被他給哄騙了。

他走出去，笑著送著路亞回了房間休息，然後冷著臉出來，找到了邵鈞。

邵鈞正在房間裡打量著各種設備，看到伽爾進來只是冷淡地點了點頭，伽爾道：「雖然你是老師帶回來的，但我們這兒對外來的人都是要嚴格審查的，你必須要交代你的姓名、年齡、職業，並且我還要對你進行人身搜索。」

邵鈞眉毛微抬：「我以為你應該知道，至少傑克會告訴你，我是被你的老師強行擄來的，不是我自願過來的。」

伽爾眉目不動：「老師請來的也是要審查的，不過對你我會優待，可以親自搜查你，現在請你把衣服都脫了，我需要檢查你身上有沒有攜帶武器或者跟蹤器。」

他伸出手來，手上已經出現了一個掃描器，銳利的眼神卻早已準確落在了邵鈞露在外頭的脖子上那些肆無忌憚的痕跡。

邵鈞眉目不動：「想要檢查我身體，可以，你打得過我就行。」

伽爾一怔，身材修長的少年漫不經心站在那裡，看向他的眼睛很平淡冷靜，說出這麼一句充滿挑釁的話，表情冷靜，彷彿在說吃飯穿衣一樣簡單。

明明面前的伽爾在體型上就已經比他高大許多，但他那平靜的態度卻讓伽爾相信，他的確打不過他。伽爾笑了：「我為什麼要和你打，我只要從外面召喚出幾個機器人來，就可以輕易制服你了。」

他嘲弄看著邵鈞：「野獸才憑本能戰鬥。」

邵鈞道：「我奉勸你還是不要浪費你的老師辛辛苦苦盜來的能源，機器人也很貴的，尤其在這基地裡，是很重要的生產工具吧，被打壞了又要重新去偷去搶，出去一次不容易。」

他直視著臉色不太好的伽爾，揚起一邊眉毛，表情充滿了嘲弄：「畢竟你的老師為了你們這些不成器的學生可花了太多心力了，冒險進入戒備森嚴的總督府去竊取能源，一定是情況已經拮据得他不得不親自出手了。一旦他出事，你們這群巨嬰怕是連活下去的本領都沒有——全靠著老師才能夠在這裡安穩度日的人，有什麼資格冒犯你們老師請來的客人？如果我是你，早就羞愧得無地自容了，成年了還如此依賴老師養活的學生？」

伽爾臉上沒什麼表情，和邵鈞對視了一會兒，緩緩道：「你成功激怒了我。」

邵鈞看向他，臉色仍然很平靜，伽爾道：「用不上機器人，外面的學生，我隨便叫幾個，就能輕易制服住你，到時候——」他惡意打量著邵鈞：「就不是只有我一個人搜查你的身體了。」

邵鈞道：「多人圍攻的話，我會直接削減對方的戰鬥力，讓對方再也不能戰鬥，所以出手非死即殘，你確定要讓你的老師辛辛苦苦護著的學生，傷在我手下嗎？」他看向伽爾，一步都沒有退讓。

伽爾沒有說話，轉身走了。

邵鈞看著他的背影，卻陷入了沉思。

伽爾的報復來得很快：「我們這裡是需要勞動來換取信用額度，再用點數來領取生活物資的，既然你這麼能自食其力，一定不會想要一直用老師的點數吧？建議你參加一些勞動來換取點數。」

伽爾皮笑肉不笑：「當然，你的每日三餐都會按最低標準給你供應，想吃別的，還需要自己去賺點數了。」

邵鈞盯著送來的「最低標準」的餐點，一塊乾巴巴硬梆梆的麵包，一小塊肉，一個蛋，一杯牛奶，完了，這對於他這樣正值青春的身體來說，是肯定不夠的。

伽爾道：「對了，老師受了點風寒，現在正在治療，我們這裡無論誰生病都是要隔離一段時間的，以免給基地帶來困擾，老師也叮囑了，怕你被傳染，讓你在基地裡一個人好好玩，不必去看他了，他很快就會好了。」

他冷冷看了邵鈞一眼，離開了。

邵鈞無所謂，很快吃完了餐盤上的餐，然後走了出來，在基地裡閒晃著。

在他看不見的高空，一個隱形攝影機一直緊緊跟隨拍攝著他。

伽爾坐在大螢幕前，旁邊幾個青年坐在一旁討論：「他走來走去的幹什麼？」

「肯定是在找地方逃走吧，哈哈！可惜出口只有一個，他找不到的。」

「他在摘山上的菜……」

「那些能吃嗎？看起來不像能吃的樣子啊。」

「不知道……」

「他摘了好多啊。」

「他回去了，他還真的開火了啊，靠，記得提醒他能源也是要靠點數刷的，噗！還真的洗菜切菜炒菜起來了！」

「看來還真是個家務能手啊。」

「隨便他，光吃素吃不飽的哈哈哈哈。一塊牛排就要五個點數，看他吃得起不，記得到時候把他房間的能源給斷了，讓他用點數換供能。」

「這一招夠狠，保證他哭唧唧去找老師。」

「就說老師不舒服，不見他。」

伽爾忽然問：「老師那邊還是沒吃多少？」

一個學生回答：「他吃了藥反應很大，好不容易才沒吐，不肯吃了，說怕吐出來。」

伽爾站起來：「我去看看他。」

床上，路亞躺在那裡，緊閉著眼睛，眉頭緊皺，臉色青灰。

伽爾十分擔心地坐在他床邊，伸手去摸了摸他的額頭。

路亞睜眼看到是他，笑了下：「怎麼了？沒什麼大問題，就是吃了藥反應有點大，休息一下就好了。」

伽爾看著他眼底的陰影：「我們還是去聯盟治病吧，基地這邊現在能源也很充分了，至少可以頂到明年。」

路亞搖了搖頭：「老毛病，治不好的，你別想太多，我離開基地，基地很快就會亂了。」

伽爾咬了下後牙槽：「老師，您能為自己著想哪怕一次嗎？」戰亂的時候，帶著他們既要躲蟲族，又要躲帝國聯盟，四處節省著能源和食物，等艱難地熬到了戰後，卻仍然還是被他們拖累，以老師那驚人的安全代碼技術，一個人在哪裡不能過得很好？

邵鈞之前那尖銳的語言這一刻又像針一樣紮了進來。

路亞搖了搖頭嘆息：「戰後帝國和聯盟都越來越強大，帝國的新君，曾任聯盟元帥，軍方的控制前所未有的強大，而聯盟那邊戰後也開始重新加強戶籍管理，我們生存的空間越來越窄小了——我要把現在這批孩子都安置好，才能好好休息。」

伽爾在床邊單膝跪下，將頭埋入路亞手裡：「可是老師，您每次一出去，又會帶回來一批黑戶，你每次都說最後一批，卻永遠沒有解脫，我們去聯盟，找最先進的醫生和醫院，好好住院……」

路亞啞然失笑：「你別傻了，我可是上了帝國和聯盟的通緝名單的，一住院，真實的身體資訊一旦上傳，立刻就會被逮捕，如今聯盟和帝國簽訂了引渡協議，像我這樣的重犯會被移送回帝國絞死的。」

伽爾張開嘴巴無聲在陰暗的房間中哭泣，路亞感覺到他學生正在落淚，安撫地摸著他的頭髮：「別哭了，這麼大的人了，有好好對鈞沒？那孩子天賦驚人，又秉性善良，把他收攏住了，將來也能多一個人護著大家。」

伽爾不說話，心裡只是發狠地恨著自己。

路亞失笑，又摸了摸他的額頭，輕輕嘆息著：「傻孩子，我沒事的。」

伽爾終於收了淚水，卻是不肯再讓老師擔心，服侍著路亞喝了一杯熱營養液，才自己走了出來，回到了大螢幕那邊。

幾個青年還在那裡哈哈大笑著，伽爾看到他們那不知大廈將傾，大樹將倒的無憂無慮的神態，氣不打一處來：「笑什麼？」

青年們笑道：「這個鈞真的鬼精靈，伽爾你看，他居然跑去學校那邊，靠拆槍的本事賺了一筆點數。」

伽爾走過來看到大螢幕上，一群孩子們豔羨地圍著黑髮少年，黑髮少年則拿著一把沒有子彈的槍，修長靈活的手指飛快地動著，不過數分鐘，整把槍就被拆解成為一堆零件。

學生們爆發出了歡呼喝彩聲。

然後黑髮少年很快又再次將那把槍給組裝起來。

監視的青年們解釋道：「他說教會他們拆槍的本事，一個人收二個點數，就這麼一會兒，已經收到了二十多個點數了。」

伽爾怒道：「拆槍有什麼好學的？」

青年們笑了：「他說方便在女孩子面前耍酷。」

第二天，邵鈞進入了格鬥課堂，重操舊業，順利地拿到了一筆格鬥陪練的點數，格鬥老師甚至建議伽爾，邵鈞完全可以獨立勝任格鬥教師，被伽爾沉著臉禁止所有教師雇傭他，理由是擔心他不知輕重傷了孩子們。

第三天，永遠難不倒的萬能家務助理輕車熟路去了廚房那邊打工，很快以優秀的刀工、熟練的廚技又得到了大廚的認可，不僅蹭吃蹭喝了一輪，還拿到了一筆長期聘用的點數，更讓伽爾憤怒的是，就連一直吃不下飯的老師也說那天的湯特別好喝，希望廚房第二天繼續做。

第四天，邵鈞已經迅速和學生們混在一起，甚至還慷慨地炸了薯條和花生請學生們吃，一邊在影音大廳裡觀看聯盟最紅的歌后夜鶯的演唱會。

「你也喜歡鈴蘭？」

邵鈞道：「當然，我最喜歡聽她唱的歌。」

有學生卻考他：「不信，我考你，歌后夜鶯唯一演過的電影是什麼？」

邵鈞不假思索：「小美人魚。」

學生哈哈大笑，邵鈞道：「而且這不是她唯一演過的電影。」

其他學生不服了：「胡說！」

邵鈞自信滿滿：「前陣子花間風拍的一個片子，在帝國取景的，夜鶯在裡頭友情客串了一個花精靈的角色，很短。」

「啊，真的？」

「騙人，片子才上映，演員名單裡沒看到夜鶯的名字。」

邵鈞道：「真的，不信你們拉著看，在五十分三十三秒。」

立刻就有學生真的拉著看，果然在花叢中，一群花精靈抖動著透明細長猶如蜻蜓一般的翅膀振翅掠過花叢中，一個正在唱歌的花精靈一閃而過，將高清的影像放大，果然真的有些像，只是改了眸色和髮色。

「真的有點像啊。」

「憑什麼說是夜鶯啊，只是有點像吧？再說客串了為什麼不宣傳啊。」

邵鈞道：「因為真的就是純幫忙呢，夜鶯在最近一次星雲訪談中有提到的，說很感激風先生，偶爾還是會客串一下他的戲，你們可以去找來仔細聽。」

「哇！星雲訪談？夜鶯還上過星雲訪談？那個不是政治訪談節目嗎？夜鶯好像從來不上這種節目啊。」

邵鈞忍著笑：「那期訪談是訪問她對帝國皇帝的看法。」聯盟樂於將帝國皇帝娛樂化，以削減一直籠罩在聯盟和帝國上空的陰影，給予兩邊飽受戰亂的人民信心。

小報上紛紛冠以帝國新皇柯夏緋聞女友的標題，柯夏當時臉都綠了，尤其是夜鶯還在訪談上道：「夢想嫁給帝國皇帝？哈哈哈，不，他在我眼中永遠是個孩子，雖然他的確是個了不起的人……但我認為更偉大的，是他身後一直默默支持他的一個人。如果非要說我這輩子是否真的有過希望成婚的具體的對象，只有他，一個溫柔的男人。」

為了夜鶯這句話，柯夏吃醋吃了好些天，受了無妄之災無辜被牽連的邵鈞實在很是無奈。

學生們紛紛在星網上搜索，果然真的找到了這期訪談來看，全都哈哈大笑起來，這下對邵鈞是夜鶯歌迷的身分也確信無疑，嚷嚷著拿了電紙螢幕來手寫明信片點歌。

這是歌后經紀公司的固定節目，所有歌迷可以手寫專屬電子明信片透過天網發到經紀公司內，然後歌后每週會挑選十張，在天網節目中讀歌迷的手寫祝福，回答歌迷的問題，然後會在天網中唱一首歌迷們點的歌。

這種非常原始卻仍然很有效的固粉的手段，廣受帝國聯盟兩地的歌迷的歡迎。

邵鈞接過電紙螢幕，也隨手在上頭點了一首歌名，寫了一句想要問歌后的問題，然後就隨手遞給了下一個學生。

很快邵鈞寫的明信片就先發到了伽爾面前的立體螢幕上，歌名很簡單《致他的心，叫它別害怕》。

一個青年查了下：「歌后挺有名的一首歌，很多人認為這首歌是她為當時正在身陷囹圄被私自扣押的前聯盟元帥，現任帝國皇帝致意而唱的歌，雖然事後歌后和聯盟元帥本人都沒有承認過。而且歌后只唱過一次，再也沒有唱過，甚至在天網上將這首歌的所有影片音訊全部撤掉，如今所有正式版權管道是看不到和聽不到了，但每一週都有不死心的歌迷點這首歌，她還是一次都沒有唱過。」

伽爾笑了下：「他也是不死心的一個嗎？問題呢？」

青年道：「問題也很普通，問歌后當年離開燒著大火的基貝拉街時，在想什麼。基貝拉街是聯盟著名的貧民街，毀於大火之中，歌后當年在那裡，是淪為站街流鶯的，後來因為大火燒毀了基貝拉街，歌后沒有棲身之地，不得不背水一戰。雖然她沒有迴避經歷，但現在以她的地位，媒體一般也不會再揭她的過去了。這小孩腦袋很硬嘛！真是粉到深處自然黑。」

「那現在這些明信片還傳出去嗎？」

伽爾隨口道：「傳吧，這是小孩子們唯一的娛樂了。聯盟那邊他應該不認識人，再說我們的鬧道地址，是老師親自設的防禦，還經過天網轉接，他們查不到源頭的。」

青年笑道：「公司每週收到這些至少上萬張吧？抽到的機率本來就小，他還專門戳歌后心窩，能選到才奇怪。」

他嘲笑著將那些明信片放入郵箱，點擊了發送。

接到鈴蘭的通訊要求的時候，柯夏坐在書房裡，整個人瘦削陰鬱。

鈴蘭看到他瘦削的臉頰和帶著血絲的藍眼睛嚇了一跳：「你怎麼了？夏？」

柯夏道：「沒什麼，下面的人說妳有重要的事找我。」

鈴蘭道：「是，是風先生讓我找您的，他說這事很重要，需要第一時間和你說。」

柯夏抬眼，鈴蘭道：「我每週會有一個和歌迷交流的天網節目，節目中我會將經紀公司挑選過的歌迷明信片來解答一些問題，演唱歌迷們點的歌。」

柯夏默默的聽著，鈴蘭道：「但是很少有人知道，即便是如今，我仍然保持著一個習慣，所有歌迷的明信片，我都會看。從我還是一個默默無言被醜聞纏身的演唱者開始，保持到現在。然後這一期節目前，我看到了一張奇怪的明信片。」

鈴蘭豎起了她手裡的電紙螢幕，給柯夏看，柯夏彷彿預感到了什麼抬眼看去，然後霍然站起來。

鈴蘭看向他，眼睛裡瑩瑩閃動著淚水：「這是杜因的字，雖然他很少寫字，署名也不一樣。你們告訴我他去執行任務了，我已經許久沒有見過他，但是夏，這首歌本來就是當年他讓我唱給你聽的。另外，從基貝拉街的大火出來的時候，我印象最深的事，就是他展開了背上的金色翅膀，將我們從熊熊烈火中救了出去！」

柯夏死死盯著那張明信片上隨心所欲寫的字，鈴蘭聲音微微顫抖：「這張明信片夾在無數的歌迷明信片中一起傳到了我的郵箱裡。這首歌很多人都在點，但是提起基貝拉街那場大火的，一個人都沒有！還有這字，他篤定我會看，因為他知道我寧願控制發售數量，也沒有改過親自看明信片的習慣。風先生要我聯繫您，他說這是杜因在給你報平安。雖然我不理解為什麼報平安要提起那段只有我們幾個人知道的往事，但我還是立刻通訊給您。」

她直視著柯夏的眼睛：「他執行的是很危險的任務嗎？能讓他回來嗎？聯盟和帝國都已經簽訂了和平公約，為什麼還要讓他操勞？」

柯夏乾渴的咽喉彷彿著了火一般的焦灼，他終於開口，聲音卻嘶啞著：「我知道了，妳把這個明信片傳給我，還有我需要用你們的郵箱，我們需要組織安全專家研究追蹤傳來郵件的地方。」

鈴蘭帶了些失望地看著他：「風先生已經和我要了，他正在組織人手在查。陛下，你們一直和我說杜因很好，他過得很平安，為什麼他要用這麼隱晦的方式輾轉報平安？夏，你能保證他會平安回來的吧？他已經付出了足夠多了！」

柯夏低聲道：「我保證。」

鈴蘭看著他，眼淚盈盈：「千萬不要讓他有事。」

柯夏閉上了乾澀到發疼的眼睛：「他有事，我和他同葬。」

鈴蘭微微抖了下，更擔心了，但她還是深吸了口氣按捺住了自己的情緒：「我等你們的消息……有需要我的地方，無論是錢，還是什麼，只要是我能做的，都可以和我說。」

柯夏道：「好，謝謝妳。」

鈴蘭深深看了他一眼：「那我先掛了，期待好消息，另外如果他回來，請務必讓他和我通話。」

柯夏道：「我會轉告他。」

鈴蘭掛掉後，花間風的電話進來了：「相信你已經通過電話了，至少鈞現在是平安的，還能寄出明信片的話，我不好問鈴蘭她當時離開大火時最重要的印象是什麼，只好讓她聯繫你。」

柯夏閉了閉眼睛：「大火包圍了我們，他展開了背上的翅膀，將我們帶了出去。」那一時刻還歷歷在目，金色的羽翼張開，抱著他們越過熊熊火焰。

花間風道：「翅膀？啊，那就是和救我墜入裂縫那次一樣了？這是什麼意思？大火，翅膀……」

柯夏睜開了眼睛，聲音疲憊：「熾天使，火中走出的天使，他在熾天使手裡，和我們判斷的一樣，但如你所說，他只是為我們報平安，和情報吻合，那天晚上總督府升起的熾天使的焰火，以及之前能夠無聲無息破壞所有安全系統的駭客手段，應該就是熾天使帶走了他。」

花間風嘆了口氣，同情地看著他：「至少我們現在確認他平安了，但是在一個精於網路偽裝的駭客專家手裡，恐怕我們現在就是拿到郵箱也查不到什麼了，至少到現在，我組織的安全專家們，都還沒有辦法破獲傳來郵件的具體地址。」

柯夏藍眸冷靜：「聯繫艾斯丁他們，理論上駭客專家們只要在星網上操作過，必然會留下痕跡，尤其是在帝國這樣控制非常嚴格的網路，查不到只有一個答案，他們利用了天網轉接，在天網必有痕跡，如果是其他人可能沒辦法，但他不知道我們可以查，請艾斯丁和羅丹先生查一下。」

花間風眼睛亮了起來：「我立刻去。」

通訊掛掉了，柯夏坐在漆黑的書房裡，伸手蓋上了自己的眼睛，感覺著自己心跳，一下一下的，迫使自己冷靜下來，卻又忍不住眼眶發熱——太好了，還活著。

活得很好的邵鈞正在燒滾水，將面滑入水中，另外一旁燒好的蔥油散發著強烈的香味，幾個學生圍在旁邊垂涎欲滴，門被推開了，路亞站在門口，看到一群人擠在廚房裡，蓬勃的香味立刻催發了食欲。

他笑了：「想不到你還會做飯。」

所有學生全都畢恭畢敬垂手站好：「老師。」

邵鈞轉頭看到他：「你病好了？要來一碗麵嗎？」

路亞在餐桌邊坐了下來：「好的，謝謝你，我需要多一些湯。」

其他學生全都屏息著低聲道：「我們還有課，先走了……老師再見！」一溜煙全跑了。

邵鈞裝了一大碗麵拌好蔥油，遞給路亞：「他們很怕你啊。」

路亞笑了：「因為我每次都讓他們背代碼，犯錯也背，獎勵也背，所以所有人都怕我。」

邵鈞想了一下：「那是挺可怕的。」

路亞溫和地看著他：「你天賦驚人，如果想學，我會把我所知道的都教給你。」

邵鈞遞給他餐具：「我並不擅長這些，實話說我所有的科目學得都不太好，更是從來沒有接觸過電腦代碼這些東西。你找錯人了，而且我看其實你的學生都挺多的，你應該每一個都是盡心教授的吧？就沒有一個能夠學會你的東西的嗎？」

路亞道：「伽爾不錯，但做我們這一行的，需要控制自己的欲望，他的感情太強烈。」他嘗了一口麵條，露出了滿意的笑容：「看來我生病那幾天，廚房送來的味道不錯的湯，都是你做的吧？我聽說伽爾他們為難你，是我的錯，我已經讓他們不要為難你了。」

邵鈞卻非常好奇：「什麼叫感情太強烈？」

路亞道：「強者需要控制自己的欲望，否則很容易反過來被欲望俘虜。伽爾容易感情用事，你很克制，開槍狙擊車輛的時候，你可以很輕易擊穿那些人的頭顱，但你卻只是射穿了他們的輪胎。你還這麼年輕，這很難得。」

「我們穿行在星網中，大部分的安全防線對我們都如同虛設，一旦起了貪念，將會無所顧忌，從而被自己的欲望所操控，大部分的駭客最後下場都不好。」

路亞墨綠色的眼睛溫和地看著他，他面容仍然還很年輕，眼睛卻透露出了他早已不年輕的事實，邵鈞想了下：「不，路亞先生，我認為你比他們更貪心。」

路亞詫異，邵鈞道：「你想要的更多，所以你才能克制住別的，你收留那麼多的孩子，然後等他們長大後去哪裡了？我沒猜錯的話，應該都是去聯盟了，在聯盟給他們弄一個身分，對你來說相對簡單，於是你希望能解救所有的奴隸，你偷盜能源，你建立基地，你源源不絕的培養接班人，希望能找到一個和你一樣，能夠無條件庇護這些奴隸，繼續你的事業的人。恕我直言，你這個要求，可比你的學生要貪心太多了。」

路亞也笑了：「你說得沒錯，那麼你願意嗎？」

邵鈞道：「不願意。」

路亞耐心道：「你還年輕，你留在我身邊幾年，慢慢的就能感覺到這種拯救他人，完全改變人命運的幸福感和成就感了，這比那些吃喝玩樂的庸俗的幸福更高尚。」

邵鈞想了下：「你有痛苦的童年經歷，因此你透過不斷的救贖和你有類似經歷的奴隸兒童，來彌補你童年受到的創傷，這是一種代償心態，拯救越多，你得到的心理滿足感越大，這也是你能夠沉浸在這項事業中樂此不疲的原因。」

路亞笑了：「你看著年輕，但沒想到思想很成熟明晰，我更喜歡你了。」

邵鈞搖了搖頭：「他們獲得新生活，是建立在你猶如神之手一般的拯救。你無休止地拯救下去，還希望你的繼任者也能這樣付出，這就太難了。這是太大的犧牲和責任，完全失去自我，長期行走在黑暗中，在聯盟在帝國都淪為通緝犯，一輩子都在為別人而活，沒有自己，我不認為你能找到下一個繼承人。」

「你的組織叫自由天使，看起來是讓奴隸們得到自由，但是其實整個基地整個組織的運行，全建立在組織者完全失去了自由的犧牲上，依賴於你無私的奉獻，以你一個人的自由換取其他人的自由，而接下來的繼承者，也將會被組織束縛，失去自由。犧牲一個人的自由，換來了那麼多人的自由，這很偉大，但是我們大部分人只是凡人。」

路亞笑：「你就這麼肯定你不會在以後也被我感動嗎？」

邵鈞坦然道：「我有愛人，他生機勃勃，也有遠大理想，他也希望能夠改變帝國的現狀，我的愛已經給了他。」

路亞長久看著邵鈞，不說話了，邵鈞問他：「所以可以放我回去了嗎？」

路亞一笑，溫和道：「不行的，你來了這兒，就不可能放你出去了，之前說讓你回去的話，是騙你的。」

邵鈞臉上倒也沒什麼意外之色，只是看著路亞，過了一會兒道：「為什麼這麼著急？」

路亞眼神一閃：「什麼著急。」

邵鈞道：「你能堅持這麼久，既膽大，卻又非常謹慎，我相信你從前一定都是自願為主，如今卻貿然將底細不明的我帶回來，甚至沒有時間徵詢我的意見，查清我的底細，你在著急找繼承人，為什麼這麼急？」

路亞看向邵鈞，笑了：「你很敏銳，有著很非凡的天賦和冷靜過人的頭腦，我見過許多許多人，所以才能在見到你沒多久就能肯定你是最合適的，不要太著急下判斷，你會找到樂趣的，我看你這段時間不是融入得挺好嗎？大家都很喜歡你。」

路亞站了起來，仍然是耐心道：「謝謝你的麵，有什麼事都可以過去找我，另外你如果確實對代碼這些不感興趣不用勉強的，伽爾在資料方面也學到了不少，我需要的是一個強有力的、冷靜執著的領導者，他還不夠。」

邵鈞道：「真殘酷，不願意的話，就會被你放棄，尋求下一個目標，所以伽爾為了得到你的認可，只能堅持下去，放棄自我，放棄個人的自由，你不覺得這樣對他很殘酷嗎？」

路亞眼睛瞇了瞇：「你的想法，真的超越了你的年齡——我檢測過你的骨齡，甚至還未滿十九歲，我不太明白這些是誰教你的，你那個愛人嗎？柯葉？他不像是能教出你這樣學生的人。」

邵鈞看向他，神情溫和，眼神卻彷彿洞悉一切，路亞微微點了點頭，轉身走了出去，推開門卻看到伽爾站在門口，顯然也聽到了他們的談話，卻沒有避開。

路亞問伽爾：「你覺得我對你殘酷嗎？」

伽爾道：「我的一切都是你給的，我心甘情願為了自由天使奉獻我的一生。」

路亞伸手觸摸了下他的眉骨，伽爾閉上了眼睛，彷彿看到小小的伽爾第一次來到自己身邊的時候，他長嘆道：「是我錯了嗎？」

伽爾睜開眼睛，和他幾乎一樣的墨綠色眼睛堅定而冷靜：「老師不會錯，錯的是學生無能，沒有能讓老師放心。」

路亞道：「對鈞好一些。」他走了出去，身上的風衣揚了起來，高大的背影仍然挺直，但卻有著說不出的落寞，伽爾轉頭看了一眼低頭吃麵，全然已經沒有關心他們的邵鈞，回頭還是緊跟上了路亞。

寧靜的桃花谷內，桃花仍然繽紛落下，寧靜極了。

在他們看不見的宇宙高空，衛星將相關圖片傳回了一支部隊的指揮部電腦上。

這支部隊非常奇特，既有聯盟軍人、也有帝國軍人，唯一的共同點就是，他們都是柯夏帶過的精英。整支部隊已經悄然灑落在了不同的方便攻擊的點，隱藏了起來。

霜鴉在立體螢幕前仔細看了一會兒道：「在人跡罕至的茫茫沙漠中設置的綠洲基地，出人意料，非常高明的隱藏技巧，應該是反衛星偵測能源場，不是透過額外手段進行天網的定位的話，我們幾乎不可能找到他們。過去那麼多年這裡不是沒有和蟲族發生過戰鬥，但是他們仍然很好地隱藏了自己，可以確認只有一個通道通往基地內，這個通道必然是戒備森嚴，易守難攻，攻進去需要花非常大的代價，簡單粗暴的轟炸只會造無謂的犧牲，而我懷疑他們會有別的應急逃跑通道通向海裡，我已經部署了海軍在那邊，但仍然不好預測。」

柯夏死死盯著地圖上那一層淡薄橙色區域，很久以後才緩緩道：「不能強攻。」

霜鴉詫異看向他：「不是吧，你花這麼大力氣定位到了他們的老巢，不趕緊攻進去嗎？」

柯夏道：「不行，鈞在他們手上，萬一誤傷或者他們惱羞成怒之下傷了鈞，我承受不了後果，我要鈞完好無缺平安回來，百分之百。」

霜鴉道：「那攤牌談判？」他摸了摸鼻子：「早年我和熾天使有過一面之緣，

出面談判的話，大概也還能談談條件。」

柯夏道：「談判需要籌碼，而且我不喜歡被人威脅——貿然談判只會打草驚蛇，你也不是談判的高手，反而會暴露我們忌憚之處。」

花間風道：「我想辦法混進去偵查一下？」

柯夏繼續否決：「太慢了。」他等不及。

花間風無語，柯夏道：「他們在這麼偏僻的地方設置的基地，必然對物資儲備和能源儲備有著迫切的要求。這也是他們把我巡視帶著的新能源偷走的原因，現在新能源可不便宜。」

柯夏藍色的眼睛帶著厲色：「只能引他們出來。」他手指劃向了一側的小城：「格羅城，放出消息去，柯葉親王走私了來了一批能源和珍貴的新藥，將路過這裡。」

他緩緩道：「我就等著他們出來，如果是熾天使親自出來，那就最好不過了。」

消息很快就在格羅城裡陰暗的酒館裡傳開來。

有一批能源和藥品、武器將會從附近聯盟城走私出關運送往帝國，經過茫茫大漠，然後運送到某個貴人的封地。

「消息確鑿嗎？」伽爾面對著大螢幕，漠然問道。

「有譜，我看到了貨運單，他們需要的倉庫太大，高價租了寇里閒置的倉庫，我聽說是這邊的事務官長也已經接到了風聲，不許阻攔不許問，還要安排人員保障安全，聽說事務官在家裡狠狠罵了一輪，罵他是明明失勢了還架子頗大，這次過來似乎不僅沒有給地方官一點獎賞，反而還要加派人手日夜保障，不過據說只有今晚，我們的時間並不多。」

伽爾伸手拿過那張貨運單，上頭只是含糊地寫著貨運箱的數量、重量等等數值，他目光落在了清單上頭的編碼，他拉過鍵盤來，靈活地十指敲動，輕而易舉地入侵了聯盟最大物流聯運的資料庫，輕鬆地將那些編碼對應的貨運箱內容查到。

他目光掃視了下，一邊道：「很謹慎，分成了十幾批貨分開經過海關的，聯盟海關沒有正式出關的紀錄，但是可笑的是帝國海關卻有入關紀錄，真是腐朽。」

他忽然目光停在了某批貨上，手下們還在驚嘆地湊過來道：「哇！真是很不錯，好多新能源！還有武器，都是最新的武器！這些市面上都好貴啊！伽爾，你在看什麼？」

伽爾點開了那長長的清單，一行行仔細看著中間的貨品名稱，低聲道：「全部是聯盟最新研製上市的藥，這些藥在帝國全部沒有發售，僅在聯盟出售。」

「當然了，聯盟還是防著帝國的，但是帝國這邊的貴族也怕死啊，據說走私藥最厲害的全是帝國的貴族，就連從前帝國的老皇帝，用的藥也是聯盟研製出來的新藥，雖然我們這邊的生物實驗水準高，那也架不住原材料都在聯盟的多，他們的科技人員待遇優厚……那邊的藥副作用小，效果好……」

伽爾目光凝在了某一行藥名上頭，嘴角漸漸露出了一個笑容：「這批貨，截下來，立刻調集人手，確定這批貨留在這裡的時間，確認一下那邊倉庫安防系統的版本號，準備種個病毒進去，還有車輛安排，人手安排，立刻做個方案出來。」

有人猶豫問道：「不先問問老師嗎？」

伽爾道：「老師生病了，不要讓他勞心，我們能在他的庇護下過一輩子嗎？」他抬起眼睛，眼眸裡帶了點受傷的憤然和雄心勃勃：「我會證明，我能夠讓他放心的。」

可憐的路亞不知道他深受傷害自尊心嚴重受損的大徒弟已經踏入了敵人的陷阱的邊緣，他正在帶著邵鈞玩遊戲。

「看到沒，所有代碼都有漏洞，我們只需要找到他。」

「當你背下所有的代碼，所有地方都將對你敞開。」

「這個病毒遊戲是我以前做出來的，一關一關地過，很輕鬆的，等你能夠打到最頂級，差不多就可以學我真正的知識了。」

邵鈞看著那密密麻麻的代碼，感到了頭疼：「算了吧，我願意為你的基地提供服務包括保守祕密，你還是放了我吧，我真的不是這塊料。」

路亞笑得很溫柔：「鬆口了？放心，你能學會的，很多東西都有共通之處，你不需要非常精通，只是讓你有所瞭解，至少以後不會被伽爾和我的其他學生們哄了，你在我眼裡的定位是領導者，領導者可以不精通，但至少瞭解他們的原理，伽爾在我手下太多年了，我怕他不服你，到時候你反而被他哄了。」

邵鈞道：「伽爾聽到你這樣無情的話會傷心的。」

路亞道：「我一貫務實，他天賦也很不錯，但他還是不行，如你所說，他是為了我，這不夠。不像你只是經過垃圾山，看到有人肆無忌憚傷害他人，就能毫不猶豫地出手，那是天然的善良和博愛，這是很可貴的品質。」

「你有強烈的自我犧牲和奉獻的人格，我沒猜錯的話，你和我的本質才更相似，而我的一切行為，都是因為童年受創的經歷，你卻不一樣，你那是根植在靈魂深處的善良和正直。」

邵鈞無語：「並沒有那麼偉大，謝謝，求你別誇了。」

路亞笑道：「那就是你也需要付出和奉獻來證明自己的存在的意義吧？」

邵鈞想了下道：「這個比較接近實際。」

路亞道：「這就對了，自由天使將會給你最大的許可權，最多的人生意義，你是星網上的王者，無數駭客為你俯首。」

邵鈞冷酷道：「以及現實生活中不能見光的身分，永遠藏身在桃花源內？」

路亞一笑：「星網可以讓你有無限的空間，不信你可以隨便說一個地方，我帶你進去看看。」

邵鈞道：「你聽說過神祕的間諜家族花間家族嗎？我聽說就連帝國的安全部門也無法突破他們的情報網。」

路亞笑道：「當然無法突破，他們完全使用手動傳遞消息，最原始的，也的確是最安全的，不過他們的新族長花間風比較年輕，難以避免也還是在星網裡留下了痕跡，而且他們也在洗白，他們的間諜業務正在減弱，相當有決斷力的族長，我也很欣賞他。」

邵鈞道：「你對他還挺瞭解？」

路亞道：「不僅如此，我還知道他是聯盟奧涅金總統的祕密情人。」

路亞津津有味道：「真的不是故意的，我當時只是想挑戰下偉大的奧涅金總統的安防系統，畢竟奧涅金家族很了不起，結果一入侵，就撞到了他們熱辣的大片現場……」

邵鈞不禁心想，你臉上的表情那麼幸災樂禍是怎麼回事！

路亞感覺到了他詭異的目光，終於想起自己的師道尊嚴來，整了整臉色道：「真不是故意的，我開始以為他們在打架……還奇怪為什麼總統府的保鏢都不出來，那個花間風打得非常狠，結果打著打著，就親起來了……後來就上床了……」

花間風，原來你是這樣的人。

邵鈞覺得以後沒辦法再正視花間風和阿納托利了，是有多狂暴？還有，他還需要提醒阿納托利加強總統府的安防嗎？要說的話他應該如何解釋緣由……等等，他和柯夏在總督府！這傢伙既然能夠如此大大咧咧地在總督府進出……該不會……

！！！

不過他現在還在認為自己是柯葉的禁臠，大概是還沒有看吧，邵鈞忽然感覺到強烈的不安全感，果然還是學習花間家族，全原始比較好吧！臥室裡應該斷網斷電斷掉所有的中控系統。

一想到自己和柯夏的激情戲很可能也被什麼人看過，邵鈞的臉色開始不好看起來。

路亞終於想起面前這人才成年沒幾天，還是個孩子，終於收起了他放飛的思緒，尷尬地咳嗽了兩聲：「花間風化名為杜因，在奧涅金總統府上已經潛伏了多年，發現奧涅金家族和花間家族的合作關係以後，很多事情就非常明白了。說老實話靠著這些祕密，我著實在股市上賺了不少，這也是我們衣食無憂的原因，只可惜新能源不是靠錢能弄到的，不然這次我也不會冒著危險出手，但是能遇到你，這是最賺的。」

路亞言歸正傳，語重心長：「所以，幹我們這行的，心裡需要一條界限，明確守著自己那條原則，你會知道很多人的隱私和祕密，但是不能傷害別人，不能用這些祕密來要脅當事人。但利用這些隱私和祕密來牟利，實際上也是屬於灰色的地帶。具體的尺度在哪裡，標準在哪裡，全憑我們心中的那一點良心，這是我更看重你的原因。」

他長嘆了一口氣：「伽爾忠誠於我，卻並不是忠誠於組織，他為了我可以終身奉獻組織，卻又可以為了我，反手出賣組織。他沒有那根底線，這是我不敢將組織交給他的原因，事實上我對他確實有所保留，所以其實我對他有些愧疚。」

邵鈞道：「一個組織，全依賴於首領的一念之間，這樣的組織是不長久的，你沒辦法保證每一任首領都和你一樣，畢竟是人都有私心。」

路亞笑道：「我只需要選好下一任就行，再以後，就顧不上太多了。」

他興致勃勃又教邵鈞打遊戲，邵鈞苦不堪言，忽然門口被推開，傑克衝了進來，臉色蒼白：「大人，伽爾出事了。」

路亞轉臉：「他不在基地裡嗎？」

傑克道：「他們來報告，說附近的格羅城來了一批貨，據說是柯葉親王私底下的從聯盟走私回來的貨，貨很好，有能源有武器還有很多聯盟新藥，離得又近，而且只在這裡待一夜，明天就走了，伽爾動了心，就帶人去劫了……」

路亞臉色變了：「糊塗！柯葉親王早已沒了權柄，他怎麼可能還敢走私武器？整個帝國都已經牢牢掌握在柯夏的手裡，這擺明是個陷阱！為什麼不先和我說？」

電光火石間他看向了邵鈞，神色猶疑——但，他們是怎麼準確定位到這邊的？但這些日子，邵鈞的確什麼都沒有做，伽爾對他採取著非常嚴密的監視。

傑克哭喪著臉道：「是，伽爾說您才病好，怕您又操勞，說這是小事，容易處理，結果帶去了十幾個人全陷在那裡了。對方是軍隊，放了一個人帶了信回來，指名了說是給您的。」

路亞接過了那封蓋著金色金鳶花徽蠟印的信，打開，一行屬於貴族特有的漂亮的花體字瀟灑寫著：「尊敬的熾天使閣下，我家小朋友在您這裡叨擾良久，今日正巧遇到您的學生，為表感激，我也邀請您的學生在我這裡做客，稍遲我會請伽爾先生帶上我給您的厚禮，向您致意，勞煩您讓我家小朋友儘快還家，感激不盡。」

信下方沒有署名，只是標了個漂亮的K和一個表示皇族的印章。

路亞臉色微微變了變，看向邵鈞，將那封信遞給了他。

邵鈞打開，毫無意外看到的柯夏的字，他笑了下，知道這話真真假假，這封信只是想要誤導路亞，他們這次只是想要交換人質而已，但他知道這絕不僅於此，柯夏既然找到了這裡，桃花源面臨的，將是毫不留情的毀滅性打擊。

路亞開口了：「這不是柯葉親王的信。」

邵鈞抬眼看向他，帶了些詫異，路亞臉色微微發著青：「我早該想到了，已經失去權力的柯葉沒有這樣的能力找到我們這裡，能夠在這麼短的時間內調集軍隊，準確定位到這裡，甚至還能設計出這樣精巧的陷阱。」

他看向了邵鈞：「他本可以直接將這裡轟炸成為平地，但是他選擇了小心翼翼地交換。」

他墨綠色的眼睛裡藏著強烈的情緒：「因為你比伽爾更有價值——甚至比毀滅通緝整個自由天使基地更有價值。」

「所以，你是誰？或者說，寫這封信的皇族，究竟是誰？」

邵鈞一笑：「你不是已經猜到了嗎？帝國皇帝柯夏。」

路亞深吸了一口氣：「是，我早該想到，只有他，才會攜帶著這麼多的新能源，但是我想不通他為什麼會滯留在繁星城，他的巡視行程應該早就該回逐日宮。」

邵鈞道：「我生了一場病，需要隔離治療，他不得不留在繁星城陪我，但又不好對外公布，畢竟帝國皇帝的形象還是要維持的，只好宣稱早就回城。」

路亞神色複雜：「他就是你說的那個想要改變帝國的愛人。」

邵鈞一笑：「很明顯。」

路亞想起那些瘋狂而曖昧的痕跡，想起邵鈞狙擊了那麼多輛貴族的車，卻毫毛未損地安然居住在總督府裡，他深深吐出一口氣：「你怎麼通知他們的？不要告訴我你身上有追蹤器，你昏迷的時候我早就替你全身掃描過了，你不可能帶進來。」難道一開始遇見眼前這黑髮少年，就是一個陷阱？他的腦子飛快計算複盤著。

邵鈞道：「孩子們給歌后夜鶯寫明信片，我也寫了一張，眾所周知，夜鶯和前聯盟元帥柯夏當年在基貝拉街是患難之交，她認得我的字。」

路亞臉色微變：「不可能，他們絕不可能透過電子郵件定位得到這裡，這點自信我還是有的，聯盟和帝國，沒有人能夠追蹤到我這裡。」

邵鈞想了下道：「這點其實我也不太明白，我本意只是想報個平安，讓柯夏不要太擔心，具體不如到時候您親自問問他。」

路亞聽他直呼帝國皇帝的名字，神色更微妙了：「所以，你為什麼要告訴我真實身分？現在你告訴我你是帝國皇帝的愛人，豈不是告訴了我你比伽爾的價值更大，我要脅你可以換到更多的利益嗎？」

邵鈞道：「你不會。」

路亞苦笑：「也許我會。」

邵鈞有些不在乎道：「那你就換，包括那些用來引誘伽爾的貨，必然也是真實存在的，否則伽爾不會鋌而走險，建議你連那些也一起換來，連伽爾他也會乖乖還給你的。當然，外面肯定已經圍滿了人，就算你不肯換，你們也出不去了。」

路亞深深看著他：「你真的不在乎？」

邵鈞笑了：「因為我相信，強大縱橫於星網多年的熾天使閣下，必然還有著制約和保命的手段，我並不希望你使出來，畢竟外面那位是我的愛人，帝國是他的疆域，他的母國，我還是希望您能好好和他談一談。」

路亞也笑了：「是的，我有一百種辦法讓整個帝國的網路停擺，所有工廠、所有軍隊、所有帝國官署、所有金融機構……等等依賴星網的地方，全數停止運作，陷入大亂，遭受沉重的經濟損失。」

邵鈞道：「他可以廢除奴隸制，你想要解救努力，你們並沒有根本衝突。」

路亞低聲道：「我可以信任你嗎？」

邵鈞道：「你不是很信任我嗎？我可以信任他。」

「當然，如果你傷了我一點，相信我，不會有任何談判的餘地了，他拚著整個星網從此崩潰，也會將這裡夷為平地的。」

邵鈞看向外面，仍然有著薰然的桃花風吹入：「想要留下美麗的桃花鄉嗎？」

「坐下來談判吧。」

「我可以確保你不死。」

路亞笑了：「終身監禁嗎？」

邵鈞道：「總得給公眾一個交代，你自己說的，星網可以讓你有無限的空間，外面的環境都不重要，只要你的學生還在，你的基地還在，你還有什麼好擔憂的？況且你這一副病懨懨的樣子，應該可以因病保釋吧。」

路亞臉色數變，終於釋懷：「什麼都瞞不過你的眼睛嗎？」

邵鈞道：「你太急了，肯定是身體出了問題，伽爾也太急了，這太反常。畢竟你們在漫長的歲月中，聯盟和帝國、包括蟲族都無法追蹤到你們的基地。」

「這個沉重的負擔，你為什麼不嘗試著藉著這次機會轉移給更有能力的人，解開枷鎖，釋放你自己，釋放伽爾呢？所有學生轉移到軍校，我可以擔保他們在新成立的軍校裡不會受到任何歧視，有著帝國所有良民一樣的權力，有光明的未來。」

「奴隸制一定會被廢除，但是需要過程，你需要給這個年輕的帝國皇帝一些時間。」

「保釋以後，我會安排最好的醫生給你治療，嘗試過一點屬於自己的人生吧？合作，比敵對更輕鬆。」

路亞低下頭：「我只有最後一個問題——你真的只有十九歲嗎？」

邵鈞笑了。

天亮了，桃花在初升的陽光下散發著粉色的光輝，路亞站在高高的樓上，看向平日裡安靜的桃花鄉裡，小跑進入了一隊一隊的軍人，他們摘掉了肩章，完全看不出是什麼軍隊，卻都久經訓練，安靜卻充滿了行動力，他們非常迅速地占據了所有的戰略要地，將宿舍裡的不安的學生、教師們一一清理出來，集中在廣場上，清點人數。

「老師！」

路亞轉過頭，看到伽爾蒼白著臉走了進來，倉皇看著他：「對不起，老師……」他身後的遠處，有數名軍人站著，顯然是押送他過來的人。

路亞伸出手制止了他，抬了抬下巴示意他往下看。

基地入口最絢爛的桃花下，一個身著帝國軍服的英俊男子將一個黑髮少年按在了桃花樹上，狠狠地吻著他，無數的桃花花瓣簌簌落下，落在那頭璀璨耀眼的金髮上。

無數軍人視而不見地路過。

路亞感嘆：「年輕真好。」

伽爾看向那邊，神情是茫然的：「那個人，他說只要鈞回去，他可以給我們很多選擇。但是如果鈞收到了什麼傷害，那我們一個都不會留下。」

路亞低聲道：「知道了，是時候嘗試著過一點屬於自己的日子了。」

伽爾轉頭長大了嘴巴：「啊？」

路亞道：「我只是想，卸下負擔的感覺，好像真的不錯。」

「可以嘗試一下屬於我個人的自由了。」

花間風從小就受到排擠，就像黑羊在一群潔白羊群中，是徹徹底底的異類。

當然，說花間家族的孩子是白羊，那是恭維了。他只是從來感覺到自己格格不入，先是父母分別被族中審判帶走，然後有人告訴他父母已去世，他成為了朱雀這一系的繼承人。

「他的媽媽通姦，還和其他人殺死了他的父親。」

他總是能在別人的眼睛裡，竊竊私語中，聽到別人毫不忌諱地議論。

他不知道做什麼，只知道自己應該儘快強大起來，才能保護妹妹，抵抗那些惡意。

寬大的宅子中，只有他一個人在日夜訓練，他經常在深夜中一個人穿過宅院，走入可怕的夜裡。漆黑的夜裡彷彿總是會有什麼可怕的東西從裡頭竄出來，吞噬他和花間雪。

他很快學會了如何生存，如何不擇手段，在很短的時間內，成長成為了一個沒有心，只會看利益的合格怪物。

他認識到這個世界從來就是叢林社會，弱肉強食，所有人都為了利益生存和踐踏他人，不這樣的人，都沒辦法活下去。

直到他遇見了邵鈞，一個和自己長得一模一樣，卻和自己截然不同的人。

他不知道他從哪裡來，又是從哪裡長成這樣正直、善良的樣子，他一模一樣的相貌往往會讓自己有一種錯覺，彷彿是另外一個自己，在某個不知道的平行空間，長成了另外一個樣子，一個本來自己可能會成為的人。

他彷彿被吸引一般地注視著他，看著他經常做出和自己截然不同的選擇，過得很難，但是卻強大地一一克服了。

原來不需要將心染成漆黑，不需要變成只看到利益的怪物，也能活下去，只需要足夠強大。

他從帝國回來，多年沉浸在勾心鬥角的心，因為邵鈞，也起了一絲動搖——那居然是一個機器人？

不，他不信。

他更相信那具機器人身軀裡頭，必然有一個靈魂，也許是不可知的外星生命體，也許是人工智慧自己誕生了自我意識，作為一個古老家族，他們有許許多多的神魂傳說，當一個人的精神力無限凝實，或者在極為強烈的情緒驅動下，會能夠以純魂體存在世上——他們稱之為鬼魂。

無論是什麼，邵鈞像是另外一個自己，一個好人的自己。

是不是自己，也還是有機會變成一個好人的？

他成功登上了花間族族長的位置，將自己的父親母親都解救了出來，之後就感覺到了若有所失。

他期待已久的家人的愛，不是這樣子的。

當邵鈞頭也不回地去了被流放的荒星，去守護夏的時候，他恍然大悟。

他尋求的，不過是一份毫無保留的愛罷了。

從前他以為那是母愛，他渴望了許久，以為那刻在基因、刻在血緣裡頭的愛是毫無保留，無私的。

後來他才知道，即便是親人的愛，同樣也是有條件、有保留、有偏愛的。

而他也已經過了那個深夜裡需要人安慰的孩童年齡了。

他接過了邵鈞留下的爛攤子，弄了個吸血鬼的劇組，奔赴霍克公國，然後就遇上了奧涅金。

奧涅金．阿納托利，奧涅金家族的執掌者，有著線條淩厲的面容，鼻樑高挺，唇薄得近乎冷酷，但一雙多情含笑的蜂蜜色眼睛削弱了他面部的冷厲感。

他開始是覺得好笑，想不到堂堂黑色家族的掌門人，是這樣一副戀愛腦的樣子，見到他就笑著獻殷勤，每天都是不同的鮮花，衣食住行，無一不感覺到他的用心，永遠都是那雙含笑的眼睛望著你，而他身邊當然也不乏狂蜂浪蝶，無論什麼場合，他永遠都是鶯鶯燕燕們的環繞著，但這樣一個人，有著無上權勢，卻對你一個人深情的笑，注視著你的時候猶如全心傾情。

太容易淪陷了，雖然他非常小心模仿著邵鈞那種漠然平靜的表情，但，大概贗品還是贗品，他自覺已經模仿到惟妙惟肖，仍然還是被對方看穿了。

是從什麼時候看穿的，他至今不明白，隔了很多年以後，阿納托利才告訴他：「因為我對你硬了。」

花間風實在是啼笑皆非：「你不是本來就喜歡鈞才追求他的嗎？憑什麼硬了反而識破了？」

阿納托利摸著下巴想了一會兒道：「你不明白，之前那種喜歡和愛，更多屬於一種感覺，知道那是很珍貴很珍貴，自己不可能獲得的東西，所以才去瘋狂追求，並不包含肉欲之類的東西。」

「但是那天你只是穿著一件普通的白襯衣，低下頭在地上撿了一片枯黃的花瓣扔到了花圃裡，我看到了你敞開領口的鎖骨——就那一瞬間，我硬了。」

「疑心一起，要查探就太簡單了。」

花間風點頭：「也是，一旦產生凡俗的欲望，高高在上的天使也會變成俗子……」

阿納托利已經迅速堵住了他的嘴，當然是用自己的唇。

他嘆息著道：「我後來不是受到懲罰了嗎？」

花間風笑了聲，什麼都沒說。

他不想承認的是，其實他和阿納托利一樣，曾經如此渴盼最純粹毫無保留的愛，然而那一次偉大的奧涅金伯爵閣下，給了他沉重一擊。

讓他看清楚，原來自己不配。

他早已經失去了資格，因為他出生，就已經是一隻黑羊。

阿納托利和自己是太過相似的人，以至於在識穿對方後，兩人迅速升起了對對方的巨大惡意，卻又不得不因為利益共同體，而只能虛偽相處，雖然彼此都知道對方厭惡自己，但竟然都還能笑著說話，彷彿全無芥蒂。

這就是他們這一類人，只要有利益，做什麼都可以。

不過阿納托利還是在很久以後，十分委婉又小心翼翼地套他的話，問他到底什麼時候對他動的心。

花間風詫異：「動心？我們有這些東西嗎？總統閣下，當然是因為利益。」

阿納托利這下受傷了。

花間風心一軟，想了許久才道：「我也不確定……可能是……」

阿納托利炯炯有神看了過來，花間風道：「可能是看到你對伊蓮娜小姐無微不至的呵護吧，那天冷得厲害，你替她穿襪子，先把襪子放在手裡暖了一會兒，才替她穿上。」

他不知道如何說那一刻他心裡油然而生的羨慕，高大成熟沉穩的黑暗帝王，他的目光猶如鷹一樣銳利，他的心猶如鐵石一般堅硬，卻對自己的女兒小心翼翼地呵護。

阿納托利臉色更難看了：「你不會是在我身上找父愛吧？」

花間風把嘴裡的牛奶全噴了出來：「不，阿納托利，我不和父親做愛，謝謝。」

他低頭過來安撫他的愛人：「你不也只是看上我的身體。」

阿納托利摔門而去，這下是真生氣了。

花間風後來花了挺多時間哄他的，之後阿納托利再也沒有問過這個問題，大概也意識到了自己的愚蠢，都不是純潔無瑕的小白羊，他們這樣的人，怎麼可能有什麼不摻雜任何利益的感情存在？

說起來也不能怪花間風多想，實在是阿納托利之前的表現讓他太過警惕，這還是從邵鈞不得不去冰冠星參加研究開始的。

邵鈞出去後，花間風就回來繼續扮演「杜因」研究員，並且同樣住進了大宅中，但和上一次不同，這次他顯然完全明白了自己的身分，非常疏離和冷漠。

奧涅金伯爵一開始並沒有意識到，因為邵鈞對他也是溫和而疏遠的，而花間風的扮演又是非常惟妙惟肖，他甚至會忘記身邊的杜因已經換了人。直到某天會議，他扮演的杜因坐在他身側不遠處，沉默著微微出神，那天大概室內暖氣調得有些高，他無意識地鬆了鬆襯衫的領子，他才陡然意識到，這是一個杜因絕對不會出現的動作。

問題是，他在大白天，開會的時候，被這樣明晃晃的一個動作弄走神了，甚至還難以啟齒地有了反應。

他為了這件事很憤怒，認為對方果然不愧是花間家的高級間諜，但如果說自己只是被這麼簡單一個動作給誘惑了，似乎又有些說不過去，於是只能自己對自己生悶氣。

但渾然不覺的花間風開完會仍然很快自己搭車回了房，他所需要的只是每個月或者偶爾在會議上出現一次罷了。

花間家的間諜，自然有他們獨有的一套引誘辦法，阿納托利堅定認為，並不認為是自己的意志力太差的緣由，興許是自己太久沒床伴的原因，為了在邵鈞跟前保持一個忠貞冷靜的形象，他這些年已經極少有床伴，更不會將任何曖昧對象帶回房間，最關鍵也是他太忙了。

他抱著這樣的思想在晚餐的時候讓心腹管家去請杜因先生過來一同用餐，很快管家回來答覆：風先生出去赴宴了。

阿納托利一怔：「什麼宴會？」很快他反應過來管家說風先生的原因，是以花間風的名義出去赴宴了？

管家恭敬道：「卡內斯子爵夫人的藝術沙龍。」

阿納托利想了一會兒才從自己腦海裡想起那到底是誰，他匪夷所思：「卡內斯子爵夫人？」這種宴會檔次，是直接在管家那裡就直接會被過濾掉的宴會，花間風去參加這麼低級的宴會幹什麼？

管家道：「卡內斯子爵夫人很定期舉辦藝術沙龍，花間風先生作為今年吸血鬼伯爵的扮演者走紅，自然也在受邀之列。」他說得很委婉，其實是提醒阿納托利，對於高高在上的奧涅金伯爵，一個過氣的子爵夫人當然不放在眼裡，但是對於影星花間風，卻算得上還不錯的進入社交場合的階梯。

阿納托利嗤笑了聲：「還真是無孔不入，不知道又有哪隻倒楣的獵物被他盯上了。」他不在說話，將餐桌上的食物吃完後，坐了一會兒，忽然吩咐管家：「有點無聊，備車，去卡內斯子爵夫人的沙龍看看。」

華麗的宴會廳內，無數名流在其中翩翩起舞，阿納托利的到來讓卡內斯夫人驚喜萬分，迫不及待地迎上前來。

外面蟲族戰爭迫在眉睫，但這些權貴們仍然在醉生夢死的享樂，甚至因為朝不保夕的社會氛圍，更是讓他們縱情享受，只爭朝夕。

阿納托利被請到了最尊貴的位子坐下，非常迅速的就被無數趨炎附勢的客人們湧了過來包圍了。他看了四下都沒有看到花間風，有些煩悶，又有些生氣自己莫名其妙地在乎。

委婉地表達了自己想要獨處一下的心情後，卡內斯夫人知趣地引走了其他的貴賓，阿納托利順著宴會廳往外走去，整層別墅都是沙龍的場合，到處都有人在三五成群坐著，聊詩的有，在播放廳看電影討論影片的也有，圍在走廊裡頭欣賞名畫的也有，阿納托利一路漫不經心，穿過後花園，開始覺得厭煩，卻又不理解自己仍然還不走是為了什麼。

當轉到一個角落時，他聽到一個年輕的聲音在呢喃著一首詩：「湖泊渴望群星，便只能卑微地收集星的影子，正如我渴望你……」

不知道又是誰在求愛，他嘴角含了輕蔑的笑，想要穿過走廊，打算結束今晚自己這莫名其妙的行程。

然而他卻聽到了一句話：「無論你演過的哪一個角色，我都喜歡，特別是吸血鬼伯爵，如果世上真的有這樣一個靠吸血來獲得永生的人，我願意貢獻出我渾身的血液，只為求得你的唇落在我的動脈上……」

他腳步頓住了，穿過花架看了過去，看到側身對著花架的絲絨沙發上，斜斜坐著一位男子，他漆黑的長髮垂順一直落到沙發上，光可鑑人，身上穿著一身深黑色的寬大長袍，長袍上繡著非常華美的花卉圖案，寬闊的袖口裡露出裡頭鮮紅色的另外一層貼身袖子，而他半邊臉上有著灼灼的紅色面紋，和衣上的花紋相呼應，襯托出他那對眼瞳分外深黑，他垂著長長睫毛正凝視著單膝跪在沙發前的一個青年男子。

青年男子有著非常英俊深邃的面容和久經鍛煉顯得分外結實的身材，正微微抬頭痴迷看著面前的人。

阿納托利輕輕咳嗽了聲。

兩個人都抬頭看向他，青年男子是有些被打擾而顯得憤怒的眼神，而花間風認出是他時也顯示出了意外的神情。

阿納托利道：「抱歉打擾了……這位是花間風先生吧？聽說你上次為了借古堡的事想要答謝我，我當時忙，沒有排出空擋，剛才聽到凱西斯夫人說你今天也參加了沙龍，也就想著和你見見面，抱歉，我的時間不多。」他懷著歉意地對那個青年男子微微欠身。

那個青年男子很快也認出了阿納托利，這下表情變成了受寵若驚：「不敢，那就先不打擾了，尊貴的奧涅金伯爵，我先行告退。」他優雅地對花間風行了個禮，脈脈含情又依依不捨地看了他一眼才離開了。

阿納托利嗤笑了聲：「花間家族如今這聲勢，犯不著還需要族長大人親自出馬拉攏這些看不上的家族吧？在霍克公國，你只需要奧涅金家族一個庇護者就足夠了。」

花間風並沒有搭理他，只是沉默地拿起桌上的花枝插入花瓶，阿納托利這才發現原來臺上有著數支花和一個花插，想來花間風剛才是在插花。

他也伸手拿了枝雪白的馬蹄蓮來在手中玩著：「還是說，我打擾了風先生今晚的活動？那人身材不錯。」

花間風低垂著睫毛，輕輕插好花，抬眼看了他一眼：「並不是，那孩子的確只是我的影迷而已，如同你會喜歡和單純的人玩戀愛遊戲，我也比較享受單純的拍戲以及和影迷相處交流的這種普通的樂趣。」

阿納托利被他軟釘子碰了一句，一時竟不知說什麼，眼前這個人的打扮、目光、面容、舉止甚至包括說話的口氣都是陌生的，他一時竟不知拿什麼態度和對方相處，過去那種和杜因老友一般的相處模式在眼前這個幾乎是陌生又漂亮的花間族長前似乎很不合時宜。

花間風的外貌一直有著十分鮮明的個人特徵，這是為著讓其他替身扮演他時也能輕鬆扮演，但這一刻阿納托利看著他穠麗的面紋和鮮紅的唇卻在想，他和杜因差別太大了，杜因居然能扮演他？

又或者，這是針對自己喜好的一次欲擒故縱？花間族長可是以一人之力在帝國掀起了腥風血雨的男人。

他靠在那邊，心思數轉，卻只是悠閒地看著花間風慢條斯理地插花，帶著絲光的袍子領口襯托得他修長脖子肌膚似新雪一般的細膩晶瑩，袖子那裡露出的一節手腕和手指襯著花枝也分外素白。

他看著花間風將那幾枝花給插完，調整了下造型，然後才道：「我送你回去吧？」

花間風微微抬睫毛，眸光流動：「我自己有車。」

阿納托利恍然大悟：「我倒忘了，你辛苦跑來這裡，總不會是真的是來和影迷粉絲交流交流，倒是我耽誤了族長的大事了。」

花間風看向他，眼神有些冷，又帶了些嘲諷：「伯爵閣下，你這輩子能只是簡單享受一件事，而不是總要分析背後目的、利益呢？」

說完這句話花間風也有點自嘲地笑了笑，霍然站了起來，直接越過阿納托利身邊，想要離開，卻忽然被阿納托利一把按在了肩膀上，將他按回了絲絨沙發上，然後一張帶著紅茶味的唇壓上了他的唇。

一股淡橙香水味沁入鼻尖，花間風被伯爵大人魁梧的身軀緊緊壓著，感覺到他身上肌肉堅硬而緊實如鐵，下巴被一隻手牢牢扳著，腰上同樣被大力扣住，給予了他強烈的威懾感和壓迫感，彷彿立刻就被一隻猛獸吞吃入腹一般。

這種處於對危險的本能警戒感一開始讓花間風感覺到了寒毛直豎，肌膚上也微微戰慄著冒出了細小的疙瘩，心跳也怦怦跳得飛快，而這種因為警戒驚嚇而飆升的荷爾蒙，又迅速轉化成為了另外一種感覺。

瘋狂掠奪的唇舌很快勾起了情欲，他本就不是個禁欲的人，被對方高超的調情手段和緊緊相貼的有力懷抱挑起了興趣，很快給予了回應。

彷彿火星遇上了乾草和風，一發不可收拾，一場深吻下來，兩人都有些氣喘吁吁，臉上潮熱，眼睛發亮，盯著對方，都感覺到了有些意猶未盡，而並不老實的身體也忠實反應了彼此的感受，花間風噗嗤一笑：「伯爵閣下未免太過多情，我這樣打扮，您確認我不是杜因吧？」

阿納托利那以深情享譽在外的眼睛則僅僅盯著花間風道：「風先生顯然也很享受呢！」不就是對身體感興趣嗎？早點拿到手，也就不會形成執念了。

奧涅金家主是個果決的人，很快下了決心。

寬大的飛梭內當然有床，設置了自動導航後，阿納托利抱著花間風並沒有花太久時間就將他抛上了床，繼續剛才那被打斷的行為。

華麗的袍子前襟非常輕鬆就鬆開了，露出了深紅色的內袍，繼續猶如花瓣一般被剝開，層層綻放，露出了深深藏著的花心。

花間風的腰細得讓伯爵有些意外，流水一樣的黑髮鋪在雪白床單上，側臉上的面紋仍然隨著光線幽幽流動，彷彿一朵充滿了神祕色彩的幻花。

奧涅金伯爵非常嫻熟地在床頭冰櫃裡拿出冰著的紅酒，將那珍貴的酒毫無品格地將瓶口對著嘴到了一口，然後哺渡過到了花間風嘴裡，一隻手舉著酒瓶，絲毫不珍惜地倒在了那光滑白皙的胸膛上，一路啜飲著肌膚上的暗紅色酒液。

花間風瞇著眼睛，眼尾紅得像雨後的桃花瓣一般，他曲起右腿，踩在了伯爵閣下那結實的肩膀上，笑道：「百年紅酒，就這麼糟蹋了？」

奧涅金伯爵目光落在那一點豔紅的舌尖上，一手握住了他的腳踝，啞聲道：「配得上族長的身分。」

飛梭到的時候，他們沒有下去。

兩人其實都有些意外，想不到，想不到對方的身體是如此的合意。都是技巧老手，並不需要太多時間，他們就已達成了默契和讓彼此愉悅的一致，並且頗為放縱，畢竟兩人都沒什麼忌諱，顯然都頗為放得開。

但顯然花間風還是有些低估了霍克帝國男人天賦經歷和奧涅金家族族長那旺盛的精力，尤其是在這樣痛快淋漓地活動時，以至於結束的時候，他也有些受不了，最後也不知是怎麼回到房間，依稀知道是伯爵大人親自將他抱回房間的。

伯爵閣下的確非常滿意，完全理解了當初自己為什麼會為他一而再再而三地動欲，一嘗之下果然是極品，無論是肌膚，還是柔韌度，還是聲音，還有節奏上那種步驟一致的愉悅，一按就紅的肌膚，潮紅的眼角，這讓他饜足後意猶未盡，深深感覺到自己的決定非常正確——果然花間一族名不虛傳。

愉悅的伯爵當然是慷慨的。

兩人於是過了一段蜜月一般的時光。

很快花間風便知道花間家族的公司得到了一個來自霍克公國AG公司相當不錯的訂單，族裡欣喜若狂，就連不服花間風的長老也低調了許多。

花間風自然又是好好「答謝」了伯爵一番。

轉眼又是AG公司科技部月會的日子，這天花間風又重新洗去了面紋，換上了杜因式的嚴密整齊的襯衫外套長褲，到了公司總部。

總部的祕書們顯然一直知道伯爵大人對杜因先生是非常優待的，自然是一路綠燈地放行了他，甚至主動告訴他：「伯爵閣下在辦公室裡。」

他進伯爵的辦公室的時候，阿納托利正低著頭看文件，聽到有人來抬頭看了他一眼，似乎愣了下，露出了個笑容，抬了抬下巴示意他坐下，那雙蜂蜜一般顏色的眼睛掩藏在睫毛後一笑就像琥珀融化，整個人優雅迷人，那一本正經的樣子讓人很難想像昨夜他在床上精力充沛吻著他足尖的樣子。

他忍不住笑了下，腰間被他有力大掌緊握著的那種觸覺彷彿又回來，他甚至感覺到有些腿軟。他和伯爵大人在這方面意外合拍讓他這些日子也心情愉悅，他走上前站在他旁邊看了眼：「伯爵閣下還在忙？等等不是就要開會了？不先喝杯咖啡？」他低頭看到阿納托利耳後還有著自己昨晚意亂情迷時咬下的齒痕，忍不住又偷笑了下，伸出手指輕輕碰了下他的耳尖。

沒想到阿納托利彷彿受驚一般躲了躲，然後抬頭看他，這才彷彿恍然一般歉然道：「對不起……有些不習慣……」他伸手握住他的手腕，微微吻了下他的手背，非常歉然的樣子。

花間風眼睛冷了下：「伯爵閣下，我想您應該要明白，這就是我本來的臉。」

阿納托利道：「對不起，是我的問題，抱歉。」這時臺上的鈴響了下，中控電腦提醒：「二一〇八會議室參會人員已經到齊，請伯爵大人入座。」

阿納托利起身又安撫地吻了下他的唇角：「晚上請你吃飯，禮物隨你挑。」

花間風不好再為小事生氣，也就跟著他去了會議室，一場會議開得他心不在焉，散會的時候，他看阿納托利忙得很，加上之前那點不愉快，他便回到了杜因的辦公室，在寬大的桌子後坐下，順手翻了下桌上的幾本書，發現都是一些機甲原理、生物學之類的書，有些無趣，便打開了辦公桌上的辦公螢幕，隨便刷了下AG公司的內網頁面，看到前陣子AG公司和自己族裡公司簽訂的合約果然顯現在了最新列表裡，便點了進去。

結果卻顯示他沒有許可權。

他隨手再一個個點了下，發現大部分的資訊他都無權瀏覽，只能看一些公司架構、公司歷史，以及和員工發郵件的一些許可權。

他本是個心細如髮的人，想了下，查看杜因帳號的許可權，發現一個月前杜因帳號許可權經過一次降權。算了下日子，正是自己過來接替杜因的時候。

他笑了下，往 AG 公司內網的員工論壇交流區去了。

果然毫無疑問，所有關於技術的交流論壇他大部分都進不去。

關於伯爵閣下的八卦當然一直都有，他很耐心地設置了關鍵字，一個一個相關發文都找來看——這是一名優秀的間諜所需要掌握的收集資訊的基本素質。

整整一個上午，他把論壇裡幾萬條關於奧涅金伯爵的員工八卦們都快速看完了，大概總結出幾條資訊，主要有：

伯爵閣下的情人無論男女都有，喜好也十分廣泛，清純的、明豔的、冷清的，學藝術的，學音樂的，基本偏好特別有氣質的，用他們公司員工的話說就是「有靈魂的美」。

而且伯爵閣下也絲毫不掩飾，他絕對不會染指有婦之夫，因此每一個情人都是非常坦蕩地帶著到處走，也對每一位情人都十分慷慨大方，一旦分手更是出手豪闊，所有人都會非常欣喜若狂和伯爵閣下有一段情緣。

因為這幾乎算得上是一段閃閃發光的履歷，奧涅金伯爵的情人即便是分手，也會是風光無限。

但伯爵閣下有一點很有意思，他不會讓伊蓮娜小姐見到他任何一個情人，有情人誤以為自己已經擄獲了伯爵閣下的心，於是便貿然去接伊蓮娜小姐，然後就狠狠地被教訓了，不僅僅立刻分手，並且分文不給。

花間風嘴角含著愉悅的微笑，想起了他到了大宅沒多久就聽說伊蓮娜小姐已經被送去了霍克一所貴族學校去寄宿了。

當初奧涅金以為他是杜因的時候，可是常常讓伊蓮娜和「杜因」共進晚餐的。

真是太有意思了。

還有一點也很有奧涅金伯爵公私分明的風格。

奧涅金伯爵送給情人的所有禮物，都是從他私帳支出，AG公司甚至專門設了一個子公司，專門用於解決奧涅金伯爵的情人們各式各樣要求，也因此這個叫做HB經濟公司的經營範圍也十分特殊，基本不盈利。他們會代理名貴的珠寶、最新的飛梭、純血統的昂貴寵物和駿馬，有時候會為某個情人解決一個職位，提供一份基金獎學金，有時候會為某個娛樂圈的情人提供一些廣告代言，還有的甚至是正經八百的一份科技訂單。

比如前陣子和花間公司的訂單。

真有意思。

花間風愉悅地將論壇上的八卦都看完後，關掉了內網網頁，召喚了自己的飛梭回了大宅，所幸這個月的月會剛開完，他可以整整一個月不用見到尊貴的最佳情人，伯爵閣下。

奧涅金一開始並沒有非常留心，當晚回去沒有見到花間風，只聽說他有些事要辦出去了。

然後等到他接連一個星期沒有見到花間風的時候，開始感覺到有些空虛，畢竟要找到那樣合拍的情人還是很難的，特別是食髓知味以後，再和別人，就全不是那味了。

他撥了個影片通訊給花間風。

花間風倒是很快就接通了，風聲很大，花間風站在明亮的陽光中，顯然是站在沙灘中，背後是海濤的聲音，遠處有許多赤裸著上身的青年男子正在沙灘上打沙灘排球，陽光下汗水在他們強健身軀上閃閃發亮。

花間風身上也穿著泳褲，套著輕薄的防晒衫，對他笑道：「阿納托利？本來是出來補拍一段戲，但是蟲族忽然出現，大概要遲一些回去了。」

他的笑容明亮到彷彿一點陰霾都沒有，奧涅金伯爵卻不知為何感覺到了一種疏遠的客氣，他看著花間風問：「要我派人去接你嗎？這太危險了。」

花間風道：「不必，你忘了我們花間一族是什麼人了？知道蟑螂嗎？星球滅亡也不會滅亡的種族，永遠生活在陰暗中，生存力旺盛，哪怕是將牠的頭切下，也還能活很多天，非常強悍的生存潛能。」

奧涅金伯爵皺了皺眉：「不要這樣子說自己。」

花間風笑了：「好吧，對了，我聽說你剛從帝國那邊拿到了一項太陽能生物電池的技術，我們的苗圃培育冬季花卉很需要這種技術，可以節約很大成本，想問問你可以轉讓給我們嗎？」

奧涅金伯爵道：「這得經過董事會，我先問問看。」他心裡掠過了一絲怪異。

花間風道：「好的，那這樣我先掛了。」他撩了下他的長髮，奧涅金伯爵準確看到了他脖子上一個清晰而新鮮的指痕，一皺眉，但通訊已經斷掉了。

奧涅金伯爵皺起了眉頭，盯著已經消失的立體螢幕，發呆了一會兒，想起自己原本是想要找花間風打發今晚這無聊空虛的夜晚，霍克公國已經開始下雪，蟲族？天這麼冷，蟲族並不愛來霍克，那花間風到底去哪裡了？他不在霍克？所以那沙灘和陽光，不是虛擬效果，而是真的？

他發了個訊息給花間風身邊的萬能助理歐德，歐德很快回覆：「風先生目前在聯盟的思瑞海灘拍戲。」

思瑞是聯盟的一個小國，那裡以銀色乾淨的沙灘聞名，基本已經到了星球的另外一端了，那裡的確是炎熱的夏天，奧涅金伯爵想了一會兒，始終無法排解心頭那種奇怪的感覺。

他按下了通訊器：「安排飛梭，我要去思瑞。」

很快助手彙報：「伯爵閣下，前往思瑞的航道因為遭受蟲族的襲擊已經封掉了。」

奧涅金伯爵道：「那就走軍用航道。」

助手乾脆俐落：「好的，申請還需要一些時間，請您稍等。」

奧涅金伯爵掛了通訊，蹙眉想了下，然後發現又有緊急的公文傳到了他的腕表上，他看了下那個公文，需要大量時間處理，沒辦法，只好又打電話給助手取消了軍用航道的申請。

直到下一次他再想起花間風的時候，又是接近月會的時間了，他又和花間風通訊，這次花間風仍然悠閒地躺在沙灘陽傘下的躺椅上，眼眸因為風大微微瞇著，他笑著道：「哎，聽說蟲族還是厲害，這次月會我應該趕不上了，你就弄個生病休假的藉口吧，實在是沒辦法，不過其實少了我也沒關係的。」

奧涅金伯爵盯著他赤裸的上身和腳踝交疊在一起修長筆直的雙腿，他的肌膚白皙到近乎發光，陽光下通透如粉玉一樣，他喉頭微微上下動了下，笑道：「你就不想我嗎？」

花間風笑著道：「想，但這也是因為蟲族太過厲害不是嗎？對了，上次和你說太陽能的事……」

奧涅金伯爵耐心道：「我已和董事會問過了，那個還需要開發一段時間。」

花間風變了臉色道：「你上次不是答應我了嗎？我都已經答應他們儘快解決這個問題了，那我這個族長還有什麼威信。」

奧涅金伯爵心裡掠過一絲不快，但還是按捺住了脾氣：「我上次只說要問過董事會，並沒有答應你。」

花間風道：「你意思是我記錯了？」

奧涅金伯爵愕然道：「風先生，拜託你成熟一些好嗎？這是公事，你怎麼能拿出這樣胡攪蠻纏的態度？」

花間風冷笑了聲，曲起了一條腿，冷淡道：「好吧，那就先這樣了。」

奧涅金伯爵一眼又看到花間風腿內側那鮮紅而可疑的痕跡，怒氣控制不住，語氣冰冷：「風先生，我希望你有一些契約精神，說好了過來扮演杜因，按月參加晨會的，如今你這是要違約了？」

花間風道：「這是不可抗力，再說這根本不影響什麼，阿納托利，據說你是最完美的情人，不會為了這點小事就要和我翻臉吧？」

奧涅金伯爵忍無可忍掛了通訊。

這下他開始暗自懊悔，不該輕率和花間風上床，他一定是故意的。

呵呵，以為他就會被他吃得死死的嗎？以為這樣就能夠讓他對他俯首貼耳嗎？

他還真是以為花間族長的魅力大到這種地步了？他冷笑一聲，真的沒有再理會花間風。

一轉眼又是一個多月過去，奧涅金伯爵幾乎已經忘記了花間風的存在了，偶爾想起心頭也一陣快意，還以為花間族人有多厲害，族長不也就這樣？他現在一定還在等著自己低頭吧？呵呵。

可惜他也就和自己那眾多情人一樣罷了，不過是床上功夫有些特別罷了，誰還離開不了誰呢？

一天他在集團裡巡視，忽然看到一個黑色長髮的背影，不由自主站住了看向那個纖細背影，對方轉過頭，卻是一個黑髮少女，看到他連忙恭敬道：「伯爵大人。」

他看向她：「妳……叫什麼名字？」

那少女恭敬道：「我叫花間琴，是商貿部的實習生。」

奧涅金伯爵笑了下，心道，來了，這是花間族長自己不行，就派了其他人來嗎？他揮手讓所有跟從的人退下，只留下花間琴，然後興致盎然看著花間琴道：「聽說花間一族的人，引誘人很有一套？」

花間琴愕然抬頭，臉色變得雪白，奧涅金伯爵饒有興致道：「據說能讓人不由自主喜歡上你們？」他真的太想看看花間風還會有什麼花招了，這個少女才多大？真是太沒有下限的家族了。

「伯爵大人，花間族人不僅能讓人不由自主地喜歡，也能不留痕跡地讓人厭惡和遠離。」

奧涅金伯爵轉頭，看到另外一個和眼前少女長得一模一樣的少年站在身後，冷冷看著他：「一般是對付糾纏不清沒有自知之明卻又位高權重不能得罪的人。」

他微微鞠了個躬，禮節完美無缺：「我是花間酒，花間琴的孿生哥哥，沒有什麼事的話，我們先告退了。」

兩個一模一樣黑髮黑眼的少男少女恭敬地對他施禮後離開了。

他看著那兩個人纖細的背影，一陣愕然。

不留痕跡地讓人厭惡和遠離？

奧涅金伯爵一貫以精準的直覺和敏銳的分析能力著稱，雖然他的過於浪漫的戀愛情結讓很多人會誤以為他天真，甚至誤以為他是個深情之人。

他回到辦公室，先查了下近幾年花間家族進入AG公司的實習生——並不多，且在他事先提醒下，安排的都是一些邊緣部門，但評價都很好，基本的評論都是：勤奮，兢兢業業，服從力高，雖然創造性不足，但執行力一流，且從不計較個人得失，時常加班，善於團結合作。

倒是沒有看到緋聞出現，AG公司的內部考核評價系統裡很明確有在感情方面的評價，正常健康的戀愛關係，會加分，但如果是多角戀愛或者是戀愛和工作不分，與上司、同事談戀愛，都會是視情況減分。

但花間族的實習生也好工作的新人也好，似乎感情潔癖一般，在這方面都保持了良好的紀錄，而且根據上司、同事以及下級部門的三方考核，都對這些新人在感情上出乎意料的純潔乾淨嚴謹表示了欣賞。

比如花間琴和花間酒，他們的評語也一樣：「年輕富有朝氣充滿天賦的一對兄妹，樂於助人且非常有學習力，涉獵知識廣闊，與過於年輕的歲數不相符合，有著相當不錯的組織協調能力，執行力強，嚴謹認真，推薦正式錄用。」

奧涅金伯爵盯著那照片看了一會兒，忽然想起了什麼，按下了通訊器給技術安全部門：「替我將近些日子杜因先生的內網使用操作記錄傳來給我。」

這當然是嚴格禁止的，但伯爵閣下最大，所以永遠正確。

很快一個檔傳到了他的手上，他打開看了一下，果然看到了花間風最近也是唯一一天存在過的操作記錄，日期當然就是那天突然離開的那天，數個點擊要求因許可權問題受限，之後到了論壇，大量搜索了所有關於「奧涅金伯爵」的論壇帖子，又順著這些大量關聯搜索，迅速瀏覽了無數的帖子。

他看到那上萬條記錄，眼角跳了跳，有一種黑歷史被展示的羞恥感，雖然從前他從不在意。

伸手乾脆俐落將那些記錄全部刪除，奧涅金伯爵起身邊向助理交代：「替我申請軍事航道，我要立刻去思瑞。」

聞名遐邇的銀白色長灘上，完全沒有人，奧涅金伯爵本來以為又會看到花間風在沙灘上和美男子們嬉戲的場景，入目看到這冷清的長灘，微微一怔。

前來迎接的歐德也有些意外，眼光閃爍：「風先生在休息，伯爵閣下遠道而來，是否也先休息一下用個餐？」

奧涅金伯爵看了下明亮的陽光，瞇起了眼：「風先生喜歡大白天睡覺的？」他在伯爵大宅裡頭，似乎作息很正常啊？

歐德委婉解釋：「因為受到蟲族襲擊，航道中斷，這裡的景區遊客幾乎為零，所以我們乾脆將這裡包了下來，劇組已經提前撤了，這段時間風先生只能遠端處理族裡的事，因為是南半球，所以有些晨昏顛倒。」

奧涅金伯爵看了歐德一眼，歐德只感覺到一股銳利的目光彷彿將自己臉上所有表情都掃入眼中，畢竟這位可是黑道教父一般的人物，歐德只覺得臉上的表情都有些僵硬，捏著一把汗引著他進入別墅內，伯爵淡淡道：「我自己上去就行，你去做你的事吧。」

歐德知道自家風先生早就和這位奧涅金家族的掌門人滾上了床，微微鞠了個躬，下去了。

奧涅金伯爵沿著樓梯走上去，推門進入了臥室，和一般人睡眠喜歡將遮光窗簾拉上不同，花間風的臥室光線有些過於充足了，三個方向的落地玻璃讓整個臥室一覽無餘地看得到蔚藍的海，波濤聲陣陣傳來，房間內明亮極了，而且看這臥室的布局，無論哪一個時辰，房間裡都將有著充足的日照。

這讓他皺了皺眉，以為花間風早已醒來，但一眼望過去，還是看到了花間風側身躺在大床的中央睡得正熟，一床絲被蓋到他線條流暢的腰身，他應該什麼都沒穿，被子外露著的光潔脊背和線條流暢的腰，白皙細膩猶如玉脂一般。

太久沒見了，奧涅金伯爵只是看到這樣的裸背，就已經瞬間回憶起了所有床上的那些鮮明記憶和愉悅。

雖然腦海中仍然一掠而過覺得自己再次被對方給不著痕跡地引誘了，他還是忠實地按照自己的欲望，鑽進了被內。

忽然被驚醒的花間風感覺到一隻強壯手臂攬著自己的腰，熟悉的淡橙香水味在鼻尖縈繞，強勢灼熱的吻不斷落在自己脖子上，他好一會兒才反應過來：「阿納托利？」

伯爵閣下熟練地引起了他的欲火，然後忽然手裡一頓，他的指尖觸摸到了一圈繃帶，他坐了起來，將被子掀開，果然看到花間風左腿上纏著一圈圈的繃帶：「你怎麼了？受傷了？」難怪他側著睡覺。

花間風懶洋洋靠在了背後的軟枕上，看著伯爵閣下已經熟練地脫光了，明亮的陽光中每一塊肌肉都充滿了力量，箭在弦上，但他關切的目光還是落在了他的腿上，多麼紳士，多麼深情，一如既往。

他笑了下：「一點小傷。」

奧涅金伯爵伸手輕輕摸了下那層繃帶，有些懊惱道：「花間一族的族長，用不起治療儀嗎？」

花間風剛剛從深睡中醒來，其實還有些反應遲緩：「也不是，我們族中習慣小傷不用治療儀，疼痛和治癒的過程對精神力有好處。」

奧涅金伯爵皺著眉起身，吩咐機器人找來治療儀，然後將繃帶剪開，果然看到白皙肌膚上一道深紅色的刀傷，只用了傷口黏合劑敷著，他有些不耐煩道：「你們這是什麼規矩，純粹就是自虐變態，精神過於壓抑，反而會更容易滋生心理問題，既然你都做了族長，這種完全違反人身心健康的規矩就還是廢除的好。」

花間風靠在柔軟的枕頭上，看奧涅金伯爵低著頭開著治療儀替他照射治療，腿中間兀自還挺著，有些忍不住想笑：「真是耽誤伯爵大人的興致了啊。」

奧涅金伯爵皺著眉沒好氣道：「閉嘴吧，這麼長的刀傷，什麼事不能讓下面人去做？」

花間風避重就輕：「小事，伯爵大人怎麼來了？」

奧涅金伯爵道：「我讓董事會那邊把那個太陽能生物能源技術優化好了，可以授權你們使用了，但要收取利潤的百分之三十作為轉讓費。」

花間風道：「百分之五十，我們要獨家專利。」

奧涅金伯爵道：「可以，讓歐德去辦理就行。」他低頭看著那道刀痕慢慢在治療儀的光照射下漸漸癒合成為一道粉紅色的疤痕，才將治療儀放了下來道：「明後天再多治療幾次，不要留疤了。」

花間風笑道：「多謝伯爵閣下親自治療。」

奧涅金伯爵道：「叫我阿納托利好了。」他迫不及待地覆上了他的身，一邊吻著一邊道：「還有一件事，我需要你們在帝國那邊的人手，我有一批隱身外穿機甲被柯葉扣住了，你看看有沒有什麼辦法替我把那批貨拿回來。」

花間風道：「可以，稍後你把相關資料發給歐德就行。」

奧涅金伯爵輕輕吻著他的豔紅色眼角：「好的，拜託你了。」

兩人心領神會地交換了一個深長的吻，然後很快陷入了熟悉默契的歡愉中。

阿納托利沒有問他疏遠和故意的激怒討要是不是欲擒故縱，花間琴酒是不是他故意的安排，腿上的繃帶是不是苦肉計，而花間風也沒有意外他的回來，更沒有對他提出的艱難任務表現出不快。

矯情是浪費時間。

感情這種東西是虛無縹緲並不牢靠的，唯有利益關係最牢靠，這就是他們這樣的黑羊早已熟悉的規則——毫無疑問他們是同一類人，不會相信任何人，如果想要合作，那麼必須交換利益，這樣反而比那些所謂的情迷意亂下的承諾更讓人放心。

阿納托利不需要瞭解花間風那些生活習慣背後的感情訴求，過於明亮的睡房顯示著缺乏安全感，自虐壓抑的生活習慣，永遠在算計謀劃一般太過敏感的心思，他知道眼前被他大力伐撻下眼裡矇了霧氣，眼尾紅痕宛然的人，並不像他的身體一般柔弱，他的示弱很可能是為了攻擊，他的愛意可能是為了交換更多的利益，真真假假中眼前這個人也永遠不會給他什麼許諾。

花間風也並不在意阿納托利那些猶如繁星一般的情人，他不會開口問對方為什麼忽然趕來，突然鬆口給他那麼巨大的利益，也不會質問自己在對方心目中的分量，抱怨對方給自己出那樣麻煩得近乎難以實現的難題，這就是交換，利益總是和風險並存，哪裡有無緣無故的利益？

精神的滿足也遠遠不如這一刻身體帶來的實實在在的愉悅，畢竟在他們的人生中，成就感往往來自於更多的權力，更高的野心，更大的利益。

毫無保留的愛？

沒有其實也沒什麼關係。

發現柯夏的祕密，邵鈞真的不是故意的。

原本三天後是他們的婚禮，任他為親王的行政命令也將在婚禮後下達，他這些天被帝國宮廷禮儀官教各種禮儀折磨得幾乎想要放棄，但看柯夏興致勃勃的情況下，他也都忍了。

這天他又排練完一遍禮儀後，趁空跑去健身房，先和虛擬機器人打了一輪，猶覺得不足，這具身體太年輕健康，彷彿有著永遠發洩不盡的精力，但是他已經即將是尊貴的親王，帝國皇帝一人之下，萬人之上，沒有近衛隊敢再和從前一樣和他在地上翻滾搏鬥。

柯夏仍然還在議政，邵鈞對帝國政事並無興趣，因此問中控：「還有什麼地方能夠消遣，活動一下身體的？」

中控電腦很快給出了回答：「尊貴的邵鈞閣下，您可以到皇宮西北處騎馬跑馬，活動身體，另外皇宮內還設有游泳池、賽車場、格鬥場、足球場、網球場等等運動場所。」

邵鈞想了下：「那就去試試騎馬吧。」

駿馬非常迷人，一身銀白色的皮毛在陽光下閃閃發光，四個修長馬蹄跑起來充滿了力度，即便是在邵鈞見過的馬中，也當得上數一數二的美馬。邵鈞在宮廷馬術師的幫助下很快迷上了這項在風中奔馳的運動。

一連跑了好幾圈，馬術師才十分恭敬勸他最好休息一下，他笑了下打算再跑一圈，風迎面吹來，馬蹄聲聲，他上下顛簸中，忽然感覺到頭有些暈，他連忙夾緊馬腹，讓馬放慢速度，然而那股眩暈來得又急又快。

他身不由己往後倒的時候，看到馬術師以及無數的宮廷侍者面露驚惶正在向他飛奔過來。

然後他再次醒過來的時候，被關在一個狹長黑暗的地方。

他在那一瞬間感覺到有些恍惚，他並沒有感覺到憋悶，他也聞不到味道——很快他意識到，他甚至沒能感覺到他肌膚的觸感、心跳，他也不需要呼吸。

他死了嗎？在棺材裡——豎著的棺材？帝國的風俗這麼奇怪？

柯夏會哭吧？

還是在做夢？

他意識到自己的感情似乎有些淡漠，思想也過於發散了，於是伸手去推開那塊木板，奇怪，明明沒有觸感，但他卻在按住那塊沉重板子的時候感覺到那是木頭。

這是一種熟悉的感覺，他推開了那塊木板，然後立刻就看到了對面牆上掛著的佩劍，薔薇之歌。

那是柯夏生父，柯榮親王的佩劍。

這裡是——他環視了一下周圍，這裡是柯夏的書房？

他轉頭研究了一下，發現自己出來的地方，是巨大書櫃的一側立櫃，立櫃是指紋打開的，雖然早已成為伴侶，但邵鈞一向很尊重柯夏的隱私和個人空間，這個立櫃櫃門一直關著，他也從來沒有試圖打開過。

？？？

所以他為什麼會在裡頭？

邵鈞滿頭問號跨出立櫃，踏在地毯上，低頭看到自己的赤足——有些奇怪。

他仔細觀察了一下自己的身體，沒有穿衣服，什麼地方都栩栩如生，但仍然有什麼地方奇怪。

他摸到了腹部，熟練地打開了腹部，露出了裡頭的儲物倉——裡頭有一個水晶球，還有一個雪鷹軍校優秀畢業生的勳章。

……

他終於明白這一切的不對勁。

這是一具高模擬的機器人身體，所以他沒有五感，沒有呼吸，沒有心跳——當然，現在是節能模式，等他啟動高模擬人體系統後，這具高仿人的機器人身體就會出現和人一樣的體溫、心跳、呼吸，他太熟悉了，因為他曾經長期在這樣一具機器人身體裡頭待過。

這是杜因的身體？不對，那身體不是已經被摧毀了嗎？所以這是新的？柯夏為什麼要在立櫃裡頭放機器人身體？邵鈞完全無語了。

他熟練打開了另外一側的立櫃，那裡掛著柯夏和自己的衣服，別問為什麼會有衣服，問就是柯夏這個精力旺盛不著調的皇帝喜歡在書房裡和他胡鬧瞎搞。櫃門後有鏡子，鏡子裡映出來的完全就是邵鈞現在的相貌和身體，完全一模一樣。

也就是說這是根據自己的新身體新做的機器人，也對，柯夏應該不可能還做一個花間風的模樣的機器人身體。

邵鈞對著鏡子看著那具十八歲一般赤裸的身體，忽然心念一動，背後振出了一對有著金邊潔白羽翼的羽翼來，看那流光溢彩的光澤就知道，絕對是真正的金鸝羽。

所以，這是等比真人模型？邵鈞默默和鏡子裡赤裸的機器人邵鈞對視了一會兒，感覺自己和年輕人已經有了代溝。

把一個赤裸裸的和自己伴侶身體一模一樣的模擬機器人放在書房櫃子裡，邵鈞一想到每天威嚴的帝國皇帝就在這裡辦公，和大臣議政，然後等大臣走後，四下無人，一個人打開立櫃……

怎麼想都很變態。

比之前壓著他在書房裡胡鬧還變態。

邵鈞收回了翅膀，拿起衣服往自己身上套，果然完全吻合，和自己的身體尺寸完全一致。

他看了下時間，已經是晚上了，所以自己的身體怎麼樣了？最後的記憶是他墜馬了，應該問題不大吧？畢竟是皇宮裡……走出書房，穿過走廊，路上有熟悉的近衛，都向他敬禮，顯然都看不出他是機器人身體。

他問近衛：「陛下在哪裡？」

近衛恭敬道：「按時間表應該在餐廳等候您一起用餐，不過剛才酒隊長匆匆忙忙地跑到寢宮去了，陛下也過去了，表情不太好，似乎是發生了什麼大事，然後如今逐日宮裡是一級警戒狀態，任何人不能離開崗位，不得向外傳遞消息。」

好吧，他知道了，多半是自己墜馬了，因為自己已經算是實際意義上的帝國伴侶，因此墜馬的事應該是機密。

他轉身向寢宮走去，一路上都是戒嚴狀態，基本上每走一段路就會遇到近衛把守，但看到他仍然都敬禮，並沒有查看他的身分。

所以這還是漏洞，他心裡一邊想著，一邊走到了自己和柯夏平日居住的寢殿內，門口把守的近衛看到他似乎有點詫異，但仍然鞠躬，替他推開了門。

邵鈞還沒來得及走進去，就已經聽到裡頭花間酒在怒斥：「禁止任何人通行！誰擅自進入？」

然後花間酒一眼就已看到了他，睜大了眼睛彷彿見鬼了一般，嘴巴結結巴巴：「鈞……鈞……」然後迅速扭頭彷彿確認什麼一般地去看床上。

床邊所有人全都看了過來，然後寢殿裡陡然安靜了下來——只有維生儀器在滴、滴、滴、滴地響。

寬大華麗床上邵鈞的身體閉著眼睛，臉色蒼白一動不動地躺著，無數的儀器連在他身上，一隻手正被緊緊握在柯夏的手裡。

柯夏臉色鐵青，眼睛裡滿是血絲惡狠狠地瞪向他，彷彿一隻受傷的獅子回頭逼視入侵者一般。

他身旁站著艾斯丁、羅丹、花間風幾人，他們前些日子為了參加皇室婚禮陸續提前住了進來，這下也都不可思議地看著他，羅丹喃喃道：「天啊……鈞？」他看了下床上昏迷的邵鈞：「這個又是誰？」

邵鈞被他們看著有些心虛，輕輕咳嗽了聲：「對不起，讓你們受驚了……」

柯夏瞪著他，整個人彷彿處於腦筋停機一般：「你是誰！」

翼。

邵鈞和他四目相對，一時有些不知從何說起，只好先振開了自己背後巨大羽翼。

然後就看到了床邊數人表情全都一片空白。

邵鈞看向夏：「就是……我下午想要騎馬，忽然感覺到頭暈，醒過來以後就在你書房書櫃裡醒過來了——重新變成了機器人的身體。」

柯夏鬆開了床上的邵鈞的手，撲了過來忽然緊緊摟住了邵鈞，頭靠在他肩膀上，淚水迅速打溼了他肩膀上的襯衣。他的手臂摟得他是如此之緊，邵鈞有些無奈，只好雙手回抱他：「對不起……讓你擔心了。」

淚水打溼得更厲害了，柯夏甚至整個身體都微微打起顫起來，邵鈞輕輕拍著他的背，過了一會兒柯夏才算平靜了下來。

幾人才開始上前，檢查邵鈞目前的機器人身體的情況。

「鈞原本精神力受損撕裂過，本來應該少思少慮，一直靜養。精神力的休養是一個非常非常緩慢過程，往往需要數年甚至十幾年的休養，然而自到了帝國來，鈞一直沒好好休息過，加上應該在柯冀的幻境裡的經歷，對精神力肯定也造成了很大的負擔，種種因素導致了精神力不穩——這個應該本來早就有症狀的。」羅丹在檢查了一輪後詢問邵鈞。

邵鈞在柯夏灼灼目光逼視下，輕輕咳嗽了聲：「最近的確時常感覺到焦躁心煩，晚上亂夢很多，醒起來感覺沒有休息好。我以為只是因為住在逐日宮不太習慣。」

柯夏怒道：「為什麼不和我說？」

邵鈞有些心虛，轉頭去看羅丹和艾斯丁，艾斯丁笑著道：「所以當精神力出現震盪之時，不知不覺就到了這個備用機器人身上，想必這個機器人身上有什麼從前用過的東西吧？」

柯夏沉默了一會兒道：「是原本的中樞晶片，我讓人修補了，然後按照原來的樣式重新做了一個，但是用的臉部和身體是現在鈞的。」

艾斯丁點了點頭：「應該是鈞自己的精神力潛意識找到了這熟悉的軀殼，也幸好你做了這麼一具身體，否則就那一下精神力的震盪，很可能就會散逸出去，找不回來了……」

柯夏臉色蒼白，忍不住又握緊了邵鈞的手。

一旁花間風擔心地問：「那現在怎麼辦？不會……回不去吧？」

羅丹道：「我也不知道……這是第一次，但是理論上，應該可以借助天網回去，不過我並不推薦現在就嘗試。」

他看向邵鈞：「精神力一旦離開寄託的軀殼，就捉摸不定，很難把握。就像當初花間風的腦部移植手術不能說百分之百成功一樣，在天網裡雖然有艾斯丁幫忙，但既然已經出現了精神力不穩，震盪出身體的情況，就說明這具身體和你的精神力融合得不夠融洽，就算強行融合回去，很可能也還是會隨時渙散。反正這具昏迷的身體還能用維生系統維生一段時間，建議還是繼續靜靜休養一段時間，養一養魂，慢慢觀察後再嘗試比較好，否則萬一兩邊都回不去的話……」

柯夏果斷道：「那就再等等，穩固魂體為上。」

花間風道：「那三天後的婚禮……」

柯夏道：「如期進行。」他看向邵鈞，目光堅決。

是鈞的靈魂就行，萬一回不去，就算一輩子是機器人，他也一定要成為鈞的合法配偶。

他還來不及給他戴上結婚戒指，就差點已經永遠失去了他。

「少思少慮，儘量避免太過激烈的情緒變化，靜養，不要在太過吵鬧擁擠的環境。要養神的話，多在安靜的環境裡，多想想自己原來的身體。」

羅丹和艾斯丁叮囑一番後，又討論了下策略，便各自回了自己的房間，臨走前羅丹看著邵鈞感嘆：「有時候才理解以前長輩老師們說過的，活久了什麼都能看到是什麼意思，現在真的深有感觸，鈞，你真的是人類史上的奇跡。」

花間風也交代：「我明天去接總統閣下，這邊我仍然會安排好保全，你好好靜養。」然後忍不住笑：「幸好沒有再用我的臉。」

他被柯夏狠狠瞪了一眼，大笑著走了。

靜靜的寢殿裡，只剩下柯夏和邵鈞面面相覷，當然還有床上昏迷著的邵鈞身體。

「對不起。」邵鈞再次向被狠狠嚇到的伴侶道歉，反過來想想如果是柯夏墜馬昏迷失去意識，他大概也受不了。

柯夏轉頭看著邵鈞，伸手輕輕撫摸邵鈞的臉：「只是一個紀念，畢竟機器人鈞陪了我很多年，我曾經也許諾，等一切都了結後，會給杜因一具最好的身體。」

邵鈞知道這是柯夏在解釋製作這具機器人身體的意圖，點了點頭：「好的。」不是什麼變態的癖好就好。他看柯夏仍然還盯著他，想了下：「謝謝？」

柯夏倒有些著急，彷彿怕他誤會：「只是念舊，不是代表更喜歡機器人的你，我當然希望你是活生生的人，瞞著你也是怕你多想。」

邵鈞道：「不會多想。」

柯夏鬆了一口氣，仔細又看了下邵鈞的臉，終於意識到自己剛才會覺得邵鈞不高興的原因：「這具身體看不出你的表情。」因為面無表情，所以會誤會。

邵鈞想了一下：「其實可以操縱臉部做出相應情緒的表情，但我不太習慣，畢竟人的臉部表情肌肉群實在太過豐富，模擬人再怎麼逼真，總覺得怪怪的。」好像又有點回到了過去那種，什麼都隔著一層，知道柯夏的感受，但是卻很難共感的模式，但邵鈞沒有說出來，以免柯夏多想。

柯夏又伸手摸了摸邵鈞的唇，邵鈞振開翅膀，然後將翅膀向前，包著柯夏，低聲笑道：「至少也能有點新的體驗，不然我帶你出去飛一下？」

柯夏被羽翼上的絨毛碰得癢癢的，原來那緊繃的神經和沉重的心情也被邵鈞的異想天開放鬆了些，忍不住笑道：「不要了，皇宮禁飛，不想帝國媒體明天出大新聞。」

邵鈞伸手扳起他的下巴開始含著他的嘴唇吮吻。

機器人不用呼吸，以至於這次柯夏被他吻得透不過氣來，身體又被他密密實實用巨大羽翼護著，竟然真的有著一種奇異的安全感，一場深吻過後，柯夏喘著氣笑道：「真的很像。」

邵鈞伸手摩挲他的嘴唇：「像什麼？」

柯夏道：「像被天使在擁吻。」

邵鈞將他壓在了地毯上，一雙翅膀緊緊擁著他，墊在他身子底下，兩人面貼著面，邵鈞俯視著他，笑著道：「想不想和天使做愛？」

柯夏臉色因為剛剛的長吻而顯得有些潮紅，淺金色的睫毛抖動著，湛藍色的眼睛緊緊盯著他：「鈞……」

邵鈞再次用嘴堵上了他的嘴巴。

機器人永不知疲倦，卻又太過熟悉柯夏的每一寸肌膚的反應，柯夏被他無微不至地妥帖照顧，用極為精巧的手法體貼周到地服侍著，一次一次將他送上歡悅的頂峰。

金鶚羽毛掃過戰慄著的雪白肌膚，引起一陣一陣酥麻，從神經末梢一路竄上大腦，彷彿煙火一般炸開。

最後一次柯夏按住了邵鈞的手，聲音有些嘶啞地說話：「不了，鈞……」

邵鈞輕輕撫摸著他汗溼的金色頭髮，一雙翅膀氣定神閒地在身後舒展著輕輕搖晃，彷彿真的像一個墜世的天使：「嗯？抱你去洗澡？」

柯夏忍不住笑了：「不……謝謝你想要安慰我，但是真的夠了，我好多了。」

邵鈞是個十分內斂的人，平日裡基本都是柯夏纏著他胡鬧，他大部分時候都比較包容，現在這樣主動，明顯是想要借助這種方式讓他舒緩下來，畢竟自己的愛人只是騎個馬就忽然換了個殼，他從下午看到昏迷不醒查不出緣由的邵鈞時，整個人一直處於極度緊繃的情緒中，那種想要毀滅整個世界的暴戾和失去了全部的不安充斥了他的整個胸膛。

被邵鈞這麼花樣百出地撫慰和取悅，不得不說那股戾氣已經不知不覺散去了許多，但只要想到這只是他單方面的快樂，作為機器人的身體無知無覺，是沒有任何享受的時候，他就感覺到索然無味了。

他輕輕摸了摸機器人的唇：「好了，你的親愛陛下沒這麼沒用，我肚子餓了，中午到現在了，水都沒喝上一口。」

邵鈞將他抱起來：「好，你去洗澡，我給你做碗麵。」

皇宮裡的食材豐富，邵鈞很快做好了麵，親自端著回了寢殿，看到已經洗刷乾淨穿著睡袍的柯夏靜靜坐在昏迷的少年身旁，垂著睫毛凝視著蒼白的臉，那頭原本璀璨的金髮彷彿都失去了光彩，整個人都黯淡而憂傷。

他將麵放在了桌子上：「吃麵吧，不然一會兒麵泡脹了味道不好。」

柯夏轉頭，笑了下，但臉上顯然還帶著一絲散不開的憂傷，邵鈞道：「別太擔心，我覺得能回去的，看著那具身體的時候，會有一種吸引力和熟悉感。」

柯夏略略放了些心，他剛才洗澡到一半，忽然想起外面昏迷的邵鈞無人照看，雖然有護理機器人和各種警報裝置，但是萬一呢？一想到萬一那身體在無人照看的時候忽然停止呼吸，他心裡立刻就充滿了恐懼，隨手擦了擦就又走出來，直到看到心跳呼吸等一切指標正常，才微微放心，但坐在那兒看著邵鈞，立刻又陷入了無可救藥的沮喪中。

熱騰騰的湯麵落肚，讓他稍微打起了些精神，邵鈞靜靜坐在一旁，彷彿回到了很久以前的相處模式，他一個人吃吃喝喝，邵鈞只是靜默地照顧著他。

這些場景從前回想起來覺得是溫馨，現在重溫起來卻覺得是殘酷。

邵鈞忽然開口：「味道怎麼樣？」

柯夏根本食不下嚥，只能笑道：「味道不錯。」

邵鈞卻湊近他道：「你吃得出是什麼肉嗎？」

柯夏道：「蝦吧？」

邵鈞點了點頭。

柯夏總覺得他看著自己的眼睛裡帶著笑，不由自主問：「為什麼忽然這麼問？」

邵鈞道：「你知道嗎？從前，很久以前，我都覺得你有點傻。」

柯夏愕然抬頭，高高揚起了眉毛：「我可是高精神力者！你說我傻？」

邵鈞忍著笑：「你從來都吃不出我做的食材裡頭到底是什麼。我經常覺得，這個傻乎乎的小郡王，如果讓他一個人出去，不知道會被別人騙成什麼樣子。」

柯夏道：「什麼啊，怎麼會吃不出食材啊！不是一直都是很正常的食物嗎？除了剛到聯盟的時候，沒什麼錢，你當時給我吃過什麼榆錢，我一輩子都忘不了那個豬食一樣的食物！」

邵鈞笑著不說話。

柯夏漸漸回味過來：「不會吧……你到底還給我吃過什麼奇怪的東西？」

邵鈞笑著指了指麵：「吃完了？」

柯夏幾口吃完，逼視著邵鈞：「快說，你這個膽大妄為的，當時到底給你的主人吃了什麼奇怪的東西？」

他迅速回憶著：「是那些肉吧！那些肉湯！你那時候應該很窮，買不起肉才對！那些是什麼肉？」

邵鈞道：「你確定要知道？」

柯夏臉色微微有些發青，但仍然還是堅強面對那麼早就已經被自己機器人整過的現實：「你說吧。」

邵鈞道：「蛇肉、鼠肉……你一點沒吃出來……」

柯夏早已有了心理準備，勉強笑道：「也還好……營養比較豐富……」

邵鈞繼續道：「後來在翡翠星那兒……」

柯夏臉色已經變成了青黑色：「那裡也有奇怪的食物？」

邵鈞慢條斯理收碗，將碗扔給了家用機器人拿走：「很多海裡的生物，還好大部分都是類似於蝦子之類的蛋白質豐富的，不過也有一些類似螞蟻、甲蟲、蜈蚣之類的蟲子……」

柯夏整張臉都黑了下去，邵鈞繪聲繪色：「尊貴的小王子，天天吃得特別開心，每次都誇我做的好吃……隔了一段時間還要特意問我那個煎蛋上頭撒著的香料怎麼沒有了，味道很香脆……我記得那是一種類似螞蟻的昆蟲頭……」

柯夏已經黑著臉撲了上去，神情猙獰：「你這個膽大妄為欺負君上的機器人！」

邵鈞哈哈大笑，輕而易舉將他的手臂握住，一把將他抱了起來，吻了下他的唇：「所以我的小王子，我們睡覺吧？你的忠實的機器人管家給你講故事？」

柯夏眼角微微發紅，知道這是邵鈞又在轉移他的注意力。

邵鈞將他安置在了昏迷著的黑髮少年旁邊，然後自己也躺了上來，替他蓋好被子，將燈關：「幸好床夠大，哎，如果能將精神力一分為二，現在就有兩個鈞陪著尊貴的陛下了。」

柯夏原本已經閉上了眼睛，再次被這形容出來的畫面驚悚得睜開了眼睛：「鈞……你真的不適合說笑話，這睡前笑話太冷了。」

邵鈞伸手按在他的額頭上，下滑讓他閉上眼睛，笑著道：「嗯？難道陛下就沒有放飛地想像過？」

柯夏耳朵有些發熱，已經不知不覺開始放飛了思維，兩個黑髮黑眼睛的鈞——好像有點吃不消……

邵鈞伸手將他抱在懷裡：「安心睡吧，也許明天一覺起來，我就又回到那個身體裡了呢。」

柯夏低聲道：「嗯，你今天一天的話，比哪一天都多。」都有些不太像杜因了。

邵鈞道：「以前要扮演機器人也很累呢，怕被主人拿去銷毀，少說話比較安全，畢竟我又不知道真正的機器人是什麼樣子的。」

柯夏長長嘆息：「對不起，謝謝你。」對不起以前一直將你當成機器人看待，謝謝你明明一直擔心身分暴露被銷毀，還仍然那麼漫長地守候。

守護和陪伴，是他們的婚戒。

他會給他親手戴上的。

柯夏枕在邵鈞手臂上，呼吸漸漸綿長均勻，邵鈞知道他今天受到驚嚇，心事重重，肯定睡不好，也一動不動，只是抱著他陪著他，誰知道曾經作為一個機器人，他往往徹夜無眠的清醒不知疲倦，現在只是抱著柯夏一會兒，他竟然也漸漸意識模糊，想著這大概就是因為他精神力受損的原因，於是他索性也放鬆了下來，擁著柯夏睡著了過去。

等到再次恢復意識的時候，他的感覺非常玄妙。

他彷彿被柯夏抱著他的手臂，又彷彿抱著柯夏。

這種感覺不知如何形容。

他睜開眼睛茫然看著雪白而華麗的蕾絲帳頂，感覺自己半隻手臂被人抱著，然而他聽到了悠長的機器報警聲。

然後他身旁的柯夏霍然坐了起來，附身看向他，和他四目相對，然後大喜笑道：「你回來了？」

邵鈞睜著眼睛，將自己的手舉起來，又轉頭看了下柯夏，他身後還躺著機器人的身軀，手臂仍然做出被枕著的樣子一動不動閉著眼睛。

他好一會兒才緩緩道：「好像是……回來了。」

柯夏喜悅地按著他不許他亂動：「你等等，我讓他們來看你。」

他一邊起身按下通訊器通知花間雪請羅丹他們過來，然後再通知醫生過來檢查身體，他轉頭看到邵鈞正盯著那具機器人身體發呆，忽然想起來：「哦對，得趕緊先收起來。」

他下來將機器人熟練地橫抱了起來，然後往內室的更衣間裡頭抱進去，妥帖地安置在一旁的櫃子裡，關門之前還輕輕吻了他的嘴唇一下。

邵鈞啞口無言。

柯夏出來的時候，已經換掉了身上的睡袍，衣著整齊，精神煥發，顯然對邵鈞恢復這件事十分喜悅。

很快醫生和羅丹、艾斯丁他們都趕了過來，醫生先檢查了一輪他的身體，表示親王殿下的身體應該無恙了，休息靜養一段時間，一個月後再複查即可。

等醫生走了以後，羅丹才問邵鈞：「可有什麼不舒服的地方嗎？」

邵鈞看了眼旁邊眼睛裡滿是喜意的柯夏：「還好，就是還覺得有點恍惚……彷彿沒什麼真實感。」

羅丹道：「你保持安靜和休息，慢慢穩定適應一段時間，也不要上天網，你這情況有點複雜，我慢慢給你測一下看看。」

柯夏充滿希冀道：「明天可以出席婚禮嗎？我已經儘量減少靠近鈞的人，不讓環境太嘈雜。」

羅丹輕輕觸摸著邵鈞的額頭，低頭彷彿看入他眼睛深處一般地端詳他：「這得看鈞自己的感覺——我沒有遇到過這樣的情況。」

邵鈞轉頭看了眼柯夏，柯夏小心翼翼盯著他，他笑了下：「我覺得應該沒問題——一切正常，婚禮正常舉行吧。」

柯夏一喜，卻又有些擔心道：「其實往後推幾天也沒事的，你不要勉強。」

邵鈞道：「應該沒問題，我感覺好多了，甚至還可以再去騎馬。」

柯夏睜大了眼睛：「不行！」

羅丹噗哧一下笑了出來，艾斯丁在他身後也似笑非笑，柯夏終於反應過來邵鈞這又是在逗他，瞪了他一眼，自己卻也有些忍俊不禁：「好吧，你好好休養。」他低頭看了下腕上的通訊器：「奧涅金總統的專機已到了，花間風一大早就帶了人去接應，我必須得出去迎接了，否則太失禮了新聞會亂寫。」

他湊過來吻了下邵鈞的額頭：「千萬別再做任何劇烈運動，我出去接待完就回來。」

他又向羅丹、艾斯丁非常抱歉地點了點頭，匆忙出去了。

艾斯丁看著柯夏走出去遠了，才和邵鈞道：「你並沒有完全恢復吧？為什麼要勉強呢？」

邵鈞道：「他準備了很久，聽小酒說非常盛大，說是一定要一個非常特別的婚禮，而且各國政要都已經來了……這時候最好還是繼續舉行比較好，等婚禮結束了再告訴他吧。」再說他再也不想再等待了——不得不說其實他也挺期待的。

羅丹睜大了眼睛：「所以你還是隱瞞了你的感覺？是哪裡不舒服？」

邵鈞道：「不知怎麼形容這種感覺，我似乎同時還在那具機器人身體內。」

羅丹吃驚地環顧四周，想找到那個機器人，邵鈞道：「柯夏收進去了，怕被醫生看到……」

艾斯丁道：「你能操縱他嗎？」

邵鈞搖了搖頭：「似乎不行，彷彿只是有一部分意識在上頭，能感受到周圍的環境，但是並不能操縱那具身體。」

艾斯丁微微低下頭，銀灰色的長髮流瀉下來：「如果你擁有一座虛擬世界的話，你已經具備成為主神的條件，鈞，你現在這種情況和我是一樣的，當我離開天網的時候，比如現在和你們在一起，我仍然有意識在那裡操控著整個虛擬世界。」

「那具機器人身體，就曾經是你意識寄居過的地方，因此你仍然能感知到他——事實上如果你想，你隨時可以轉移到那兒，當然我不建議你隨意嘗試。」

羅丹也吃驚抬頭，看向邵鈞，沉思了一會兒道：「虛擬世界不斷有精神力補充，鈞那具身體，有殘存精神力的話，應該只是暫時的，如果沒有持續的精神力補充，應該會慢慢消散才對。」

艾斯丁笑了下：「所以還是不要再嘗試了，你好好安神，當然那具身軀一定要好好保管，如果受損的話我怕會對你現在有影響。」

邵鈞點了點頭。

午餐是和奧涅金總統共進的，奧涅金總統這次過來還帶了伊蓮娜小姐過來，她並沒有認出邵鈞就是曾經的杜因，也已經成長成為一名優雅美麗的成熟女性，她遊刃有餘地在餐桌上參與著話題：「這次星網上對帝國皇帝的婚禮非常期待，聯盟這邊買下星網直播權的幾家媒體可以說要大賺一筆了，無數人表示非常希望看到帝國皇帝、前聯盟元帥神祕的伴侶，能被陛下這麼優秀的人喜歡，必然是非常優秀的人，尤其陛下為了他還改了帝國同性不能成婚的法案。」

邵鈞放下勺子禮貌地微笑，柯夏瞇著湛藍色的眼睛笑得非常得意：「伊蓮娜小姐現在能提前看到了？」

伊蓮娜道：「風姿卓越。」事實上她對陛下伴侶的年輕感到十分意外，但是又對那年輕外表下一舉一動過於沉穩又感覺到了一種——果然帝國皇帝看中的伴侶總有特別之處的感覺。

阿納托利道：「鈞的身體好多了嗎？」

邵鈞道：「好多了，謝謝總統閣下關心。」

阿納托利含笑看著他了一會兒，又看了眼花間風，微微笑了下：「現在看起來，你們兩人其實一點都不像。」

花間風冷冷白了他一眼，邵鈞禮貌道：「第一次見面，能和譽滿天下的大明星花間先生相似，我很榮幸。」

阿納托利被狠狠噎了一下，一旁的柯夏哈哈大笑起來。

國宴級別卻又簡單融洽的午餐用完，柯夏立刻將邵鈞送回房間內，然而他卻不能繼續陪伴邵鈞，一波又一波的各國政要都來了，他還有著無數的接待日程，甚至還見縫插針組織了幾個高級別的多國會談。

悠長的午後，花香飄進來，邵鈞不敢再外出，待在屋裡又懶洋洋的，但另外一側那種雖然不鮮明卻存在的感覺讓他又總沒有什麼安全感，他索性進了臥室裡，將更衣室裡的機器人給搬了出來放回床上，躺回機器人身旁，挨著「自己」的身體，閉著眼睛睡起午覺來。

這下兩個身體的感覺趨於接近了，他終於睡沉了。

柯夏在忙完一個會談後，擔心邵鈞，見縫插針地回了一次寢宮，然後看到兩個邵鈞依偎在一起躺在床上，睡得正沉，兩張一模一樣清冷的臉湊在一起，彷彿一面鏡子。

他怔了一會兒然後啞然失笑於邵鈞的淘氣，走了過去，輕輕將機器人抱了起來，帶回了書房，卻先找了一塊雪白手帕來，將機器人從上到下細細擦了一遍，給他換了一套乾淨的衣物，然後又凝視了一會兒機器人，上前輕輕柔情無限地吻了下他的嘴角。

他自以為動作很輕，其實他抱起機器人的時候，邵鈞就已經被他弄醒了，然後又這麼上上下下仔仔細細拿著手帕擦了一輪，他已經完全清醒了過來，坐在床上，等著書房裡的柯夏安置好機器人。

但柯夏卻凝視無知無覺閉著眼睛的機器人了許久，才低聲道：「明天就和你結婚了。」

「曾經我以為你是屬於我的機器人，決定了和你共度一輩子。」

「現在你終於要完全屬於我了。」

「我卻不敢問你，你只是習慣了在我身邊，還是真的愛我。」

「我能夠給你你想要的生活嗎？」

「我能夠滿足你對幸福的想像嗎？」

「在你從前的人生中，一定沒有想過會愛上我這樣的人吧？」

「我不敢問你。」

「因為我怕驚醒了你。」

「然後你就發現，你其實只是習慣，等你真正擁有了人的身體，人的感情，也許有一天，你會愛上別的人，你會重新認識到對我的感情並不是愛……」

「是不是只要那一天滅門的白薔薇王府裡頭，是另外一個孩子活下來，你在長期的照顧和守候中，最終都會屬於他？」

「最重要的是，我根本不知道你想要什麼。」

「你總是付出，卻從來沒有索取。」

「總不能說你是愛我這張臉的美吧？可是美總是會凋謝的。」

「我沒有把握能夠給你所想要的，會不會某一天你發現在我身上根本得不到你想要的東西？」

「不過，即便是這樣……哪怕你厭倦了我，我也不會放開你的。」

邵鈞坐在床上，整個人完全無語了。

他的機器人身體正在被柯夏緊緊地抱住，低聲傾訴著。自從邵鈞擁有人的身體後，柯夏再也沒有怎麼在他跟前表露過這些不安和惶恐。

他已經是一個成熟的帝國皇帝，他戰勝過非常強大的敵人，他率領過千軍萬馬，他甚至將他兒時的夢魘和遺憾都戰勝和彌補了。

在他看來，他圓滿無缺，他已經變得強大而獨立，再也不是從前那個因為失去了家人一個人哭的孩子了，也不再是那個躺在床上一動不動的可憐病人，他已經擁有了幸福和世界，將自己想要的一切都已經拿到了。

「所以他經常對著那個機器人訴衷腸？」羅丹笑了。

邵鈞想了下柯夏那熟練地動作和言語，點了點頭，艾斯丁道：「是不是還吻過？」他銀灰色的眼睛裡饒有興味。

邵鈞點了點頭，艾斯丁笑了：「比馬龍的象牙雕像啊。」

邵鈞有些不解，羅丹道：「神話故事裡有個傳說，一個國王叫比馬龍，他親手雕刻了一個女子象牙雕像並且瘋狂迷戀上了雕像，終於有一天雕像活了過來，成為了他的妻子。」

羅丹若有所思看了眼邵鈞：「還真的和你與夏有點像呢。」

邵鈞：「……」

羅丹道：「在長期的研究中，的確有證明，高精神力的主人，會對他們分外喜愛的有生命的生物產生極大的正面影響力，寵物、植物，他們會生命力更旺盛，更聰明，更美麗，壽命更長——在之後的生物機甲研究中，同樣也有這樣的證據佐證，精神力分外高的駕駛員，能夠讓生物機甲發揮得更好，更強大、迅捷、擁有力量。」

艾斯丁意味深長道：「柯夏陛下是一個毋庸置疑的高精神力者，甚至是精神力中的千載難逢的佼佼者，他這樣對機器人身體反覆傾注精神力，說不定才導致了將曾經寄居在那裡的你的精神力強行喚回，所以說不準你這次的精神力不穩，還和他有關。」

邵鈞：「我們感情很好……他為什麼還會不滿意。」他真是百思不得其解，他為什麼寧願對著無知無覺的機器人說話，也不和自己說？明明在一起的時候，他們都是甜蜜合拍，對他的要求也都盡量滿足，他為什麼還是這樣一副沒有安全感的樣子？

羅丹側頭想了下：「他需要精神傾訴和支撐，但是現在你不再是那個沒有感覺的機器人了，他愛你，所以不能再和以前一樣在你面前將所有的負面情緒傾吐宣洩，將自己脆弱的、醜陋的一面在你面前展現了，否則很可能會失去你。患得患失讓他在你面前無法再展示真實的一面，而只能展現出完美的、強大的形象來保持你的愛。」

艾斯丁看了眼羅丹，眼睛裡含著了然的笑意，轉頭對邵鈞道：「你們的相處方式已經改變了，你不再是從前那個無所不能的庇護者和無私奉獻的包容者，你可能受到傷害，你擁有靈魂，擁有情感，他意識到這一點的時候，他就知道你們的相處方式需要轉變和重新磨合。他非常聰明，和以前一直索取和依靠的模式不同，這對於他來說是一個空前的危機和顛覆性的轉變。這對你們感情來說，他已經提前意識到了危機，所以才感覺到了強烈的不安，他害怕無法滿足你的要求。」

「希望改善這點的話，建議你正視自己的需求，開始向伴侶索取。」

邵鈞抬起眼：「索取？」

艾斯丁道：「是的，索取，人有七情六欲，自然有想要的東西，試著向你的愛人索取你想要的東西。」

「至少能增進瞭解。」

羅丹忽然點頭插了句：「對於他來說，你的過去他完全不瞭解，他對你的瞭解就是一個無私陪伴在他身邊多年的機器人，無欲無求，但是現在他發現你不是，然後他對你一無所知，卻愛上了你，可以想像他這時的驚惶。他要怎麼樣才能滿足一個一無所知的愛人？他幾乎一輩子都在你的庇護和注視下，卻對你一無所知，他不知道你為什麼愛他，這種愛對他來說就會變成一種負擔。」

艾斯丁側頭看了眼羅丹，笑了下，羅丹注意到他的目光，瞬間臉紅了。

邵鈞沉默了，過了一會兒才緩緩道：「其實我是個非常乏味的人，過去乏善可陳，對生活要求也比較低……我其實一直懷疑，他是不是也只是因為長期的陪伴以後，對機器人產生了依賴，也許某一天他就會發現我只是個非常平凡的人，和其他人沒什麼不同，只是在那個時候出現在他身邊對他伸出了援手而已。」

艾斯丁點了點頭：「這就是問題所在了，長期的機器人生涯讓你欲求淡漠，行為刻板，並且習以為常，你需要改變。不管將來你們變成什麼樣，提前讓愛人認識到真實的一面是好事，想想自己想要什麼，多和他交流和索取吧。」

好吧……感情算不上細膩甚至有些粗線條，並不善於表達的邵鈞感覺到壓力山大，他道謝後離開了艾斯丁他們的房間，穿過充滿馨香的長長花廊，看到天邊紅日西墜。

他回到房間，看到柯夏坐在那兒拿著一本報告在看，夕陽下金光閃閃的金髮紮得整齊，今天他見了許多大人物，因此衣裝也分外嚴謹，整個人看上去就是個既英俊又沉穩的皇帝陛下。

誰能想到一個小時前他還在對著一個機器人又抱又摸又吻還嘀嘀咕咕地像個玩布娃娃的小娃娃。

邵鈞微微感覺到有些崩裂，好在那個機器人已經被妥善安置在密櫃裡了，那具身體的存在感也隨之降低，他微笑著上前，柯夏看到他也露出了個迷人的笑容：「你好多了？去找艾斯丁他們了？今天還是早點休息，明天婚禮後……」他忽然頓住了，因為邵鈞直接上前主動吻了下他的唇。

鈞一直是個很內斂的人，不習慣在外人面前顯示出和他的親熱行為，私下也很少會主動吻他或者要求親熱，雖然他知道鈞就是這樣不願意張揚的個性，但仍然偶爾會懷疑他是不是其實對自己並沒什麼愛意。

柯夏藍眸顏色變深了，伸手扣著鈞的後腦勺迅速地回吻過去。

花香，平穩的生活，漂亮的夕陽，豐盛的晚餐，和兩個無心用餐在夕陽裡擁吻的人。

用餐的時候，鈞替柯夏在生菜沙拉上撒了撒點香料和鹽，一邊道：「多吃點蔬菜，你總是不愛吃蔬菜。」

柯夏心情很好，叉起了一片菜葉子，鈞感慨道：「我生前的最後一段時光，普通民眾已經想吃一片綠葉蔬菜都很難了，非常非常地昂貴，有些民眾在家裡自己種豆芽，用來補充維生素。」

柯夏的手頓住了，鈞很少說起過去，他抬起眼看向鈞：「為什麼？」

鈞道：「核武器、生化武器、病毒武器在國家之間的戰爭被使用，已經很難找到能吃的自然生物。」

柯夏眼睛裡流露出了同情，帝國和聯盟無論如何摩擦，都已經禁止使用了不人道的武器，一旦任何人首先使用，所有人都有權利討伐這個國家，他的人民有權力背棄統治者，他的大臣有權利離開國土，而犯下反人類罪的統治者將會被面臨星際無期監禁和重罰。

他又起了一片菜葉給鈞：「難怪你對食物一直很珍惜，你的食物做法也很奇怪……小時候我只覺得有些古怪，但是沒意識到異常。」

鈞笑了下：「人口劇烈縮減，人民顛沛流離，國與國之間、種族與種族之間摩擦頻繁和劇烈，城市變成廢墟，森林變成荒野，湖泊乾涸，大海被污染，大量的生物滅絕，無數的人失去了生育能力，老人和弱者基本已經失去了福利保障，經常會被優先放棄，孩子們很難在學校受到教育，單薄缺乏風險承受能力的家庭幾乎全都破裂，朝不保夕的時代裡，愛情更是奢侈……」

柯夏震驚看向了鈞，鈞低聲道：「我長期在異國執行過很多很複雜的任務，戰友經常今天和你一起出去，晚上回來就只剩下一塊士兵狗牌而已，大家每天只想著如何完成任務，甚至為了避免過於傷心，很少會和戰友說起什麼話。加上我們的工作往往要隱藏掩蓋自身，偽裝、潛伏、刺探，有時候甚至會常年孤獨地一個人在某個地方執行一個枯燥艱巨的任務很久很久，陪伴我的只有時不時遙遠天空上劃破夜色的熾熱彈道，那些絢爛的導彈劃破長空，意味著某一片城市又要被變成火焰的廢墟，成千上萬的人死去。」

柯夏已經不再說話，看向了鈞，眼睛裡全是不可置信。

鈞對他微微笑了下：「因為並不是什麼美好的世界和回憶，所以沒和你說過，其實對於我來說，能夠坐在這樣一個平靜的傍晚，和自己喜歡的人在一起，吃一頓豐盛的晚餐，對於經歷過那個末世而言的我，已經是非常滿足了。」

「來到這裡所經歷過的一切，對比起從前，我都覺得不算什麼，沒有身體不算什麼，至少還活著有意識。沒有富足的生活也不算什麼，還有這麼多的人群在大街上真實的生活著，生活裡有花有草，有森林有湖泊，有群鳥飛過，有蜜蜂和蝴蝶，多麼美——人類終於重建了家園，生生不息，千秋百代。」

他含笑著看向夕陽光輝中英俊的柯夏：「而且還遇上了這麼可愛的你，漂亮又充滿了蓬勃生命力，哪怕是充滿仇恨的生活著的樣子，都顯示出了驚人的意志力和生命力。」

「每一天這樣普通的平凡的生活，都讓我覺得很滿足，尤其這樣的生活裡還有你的陪伴。」

「不是無欲無求，而是現在這樣的生活我就已經感覺到極致的幸福了。」

邵鈞萬萬沒想到自己出於想讓愛人更瞭解自己多一些，經過努力以後做出的笨拙的一些坦白交流會讓自己的愛人如此地激動。帝國至高無上的皇帝陛下，這一天晚上的床上運動分外激烈，因為他那總是有些淡漠的愛人這一天竟然說出了他聽過的最美妙的情話。

也許是心疼，也許是深愛，總之柯夏和邵鈞這一晚有些過於激烈了，是那種恨不得將對方吞吃進去的激烈。

雖然如此，畢竟那種水乳交融的感覺還是讓兩人都挺開心，這天晚上邵鈞睡得很沉，畢竟第二天要舉行婚禮了。

結果到了半夜，他還是被弄醒了。

他的機器人身體，再次被柯夏從書房櫃子裡頭抱了出來。

他坐了起來，整個身體還有些痠痛，他轉頭看了看，果然柯夏不知何時已經起了身，卻不知為何又去了書房裡，將機器人摸了出來。

難道自己今天說得還不夠？還是，小娃娃小郡王這是又想傾訴什麼了？

邵鈞一頭霧水靠在柔軟的枕頭上，等著他的愛人到底玩什麼玄乎。

結果柯夏卻只是親手替他重新換了一套衣服——一套禮服，和自己試穿過的一模一樣，他轉頭看了看，自己參加婚禮的那套有著繁瑣蕾絲襯衫邊的禮服仍然還好好地掛在床頭，等著明天他穿上參加禮服。

所以那是另外一套？他做了兩套？

貝母扣子，珍珠別針，真絲襯衣，蕾絲領巾，然後是腰封，內褲，長褲，華麗的純黑色外套，襪子，手工皮鞋，鞋帶，手套。

柯夏全部親手一一為機器人邵鈞穿好，他顯然充滿愛意而充滿了虔誠，彷彿是一個儀式一般，還時不時親吻機器人的每一個身體部位。

明明那具機器人身體什麼感覺都沒有，但單膝跪著垂著淺金色睫毛專心替他穿襪子的陛下美色迷人，他已經快要被這樣的隔空騷擾給吻得要硬了……

直到所有衣服都被柯夏親手慎重地穿好後，他才又吻了吻他的唇，然後抱起他走出了書房。

外面天還黑著，只有一絲曙光，花間酒等在外面，看著柯夏將機器人帶了出來，面不改色，低調地將一輛皇宮內代步的微型飛梭門打開，柯夏抱著機器人一言不發坐了進去，飛梭啟動了。

安靜的偌大逐日宮內，侍衛們對這輛陛下專駕全都目不斜視，飛梭悄然一路滑到了他們今天要舉行婚禮的風語聖殿。

風語聖殿是無數個小高塔圍繞簇擁著中間一座高塔組成，每座高塔都有著華美的花苞形尖頂，中央的建築物走入便是一座寬闊而華麗的穹頂式建築，周圍鑲嵌著無數的巨型寶石窗，到處裝飾著華美的金色雙翼、皇室徽標。

這裡早已經擺滿了慶祝皇帝大婚的鮮花和地毯。

柯夏抱著邵鈞從中間的地毯目不斜視一路大步走入大廳內，在這裡他們將會舉行正式婚禮典禮，並且向全世界直播，之後再從一側的環形坡道走到最高處微風之語平臺。

在那裡可以俯瞰到整個逐日城大部分的建築，皇帝與他的伴侶，將會在帝國臣民以及全世界前亮相。如今風語聖殿高塔下正對著的皇室廣場中心噴泉旁，現在就已經陸續聚集了無數的臣民，等待皇帝和他的配偶締結儀式後向全世界宣告禮成。

但這一刻誰也不知道這婚禮的主角之一，帝國最尊貴無匹的皇帝陛下，在這個時候卻抱著一具機器人進入了這裡，然後將機器人安置在了聖殿的一側。

這個角落雙側有著兩隻巨型花瓶，花瓶上有著金色的金鳶花紋，兩側裝飾著金色雙翼，然後兩隻花瓶中央以及兩側高高低低擺滿了鮮花。

機器人就站在一個花瓶的後邊，嬌嫩的淡粉色花朵簇擁著穿著華貴禮服的他，玉白清冷的臉什麼表情都沒有，猶如象牙雕像，他沉默地立在花朵的陰影後，胸口還佩著華貴的皇室徽章。

直播攝像機從下拍攝的時候，拍不到花瓶那漂亮鮮花後站著的機器人，就算影影綽綽看到似乎有人，可能也只以為是皇家安排的侍衛。

但婚禮時他們兩人站著的位置會很接近這裡——看著就像兩個邵鈞，一左一右站在柯夏身旁舉行婚禮一般。

柯夏又輕輕吻了下機器人的額頭：「這是遲來的婚禮，我答應過的。」

……

所以這就是柯夏的驚喜嗎？

坐在床上的邵鈞哭笑不得又明白了柯夏的意思，機器人杜因是柯夏生命中曾經密不可分的一分子，這孩子其實很戀舊，他給過機器人許諾，最後卻被一場爆炸毀了所有，即便是他們如今已經圓滿，當初機器人在他生命中的突然離開仍然給他的心理造成了極大的遺憾。

哪怕知道現在鈞已經有了人的身體，他仍然需要把他心中缺憾補足，所以才費這麼大的力氣重新製作了一具機器人身體，然後煞費苦心地安排在婚禮上。

不得不說這柯氏固執的基因大概是真的改不掉了。

邵鈞揉著自己的眉心，既覺得好笑，又有些感動，說起來還真的是差有差著，原本邵鈞就對自己仍然有意識在那機器人身上有些困擾，柯夏這一著還真是誤打誤撞讓他「完整」地參加自己的婚禮。

所以這一切冥冥中還是自有天意吧？

邵鈞看了下時間也該起床了，徑直起身進了盥洗間洗漱，出來的時候看到柯夏從外面回來，帶著一個早餐的餐車機器人，看到他眸光閃動，顯然還是有些心虛，但微笑著道：「起床了？我們用了早餐，然後就可以換上禮服出去了。」

邵鈞看了這個剛才自己不得不用冷水洗澡的罪魁禍首，微微橫了他一眼沒說話，只是自己坐到了餐桌前，一反常態就等著柯夏伺候。

他頭髮還溼著往下滴水，眼睛也還帶著昨夜的風情，這一眼卻和機器人過去太不一樣了，柯夏感覺彷彿靈魂能從頭頂飛走，一邊先拿了溫牛奶遞給他，將煎蛋、麵包片、鹿肉排、牛奶、水果放到了桌面上，然後伸手從牆上手上拿了吹風機，替正在喝牛奶的邵鈞吹頭髮。

暖風吹在邵鈞漆黑的髮絲上，很是舒服，邵鈞心安理得地享受著皇帝陛下的服侍，一邊喝著牛奶。

柯夏也不說話，只是將他頭髮吹乾後，才也坐了回去，兩人吃完早餐，家務機器人上來撤走餐桌。柯夏才起身將掛著那套華貴的禮服架子推了過來興致勃勃：「我來替你穿。」

邵鈞本來並不習慣，想起剛才他替機器人穿衣服那一幕，本來想拒絕，但看到柯夏殷切看著他，金色的長捲髮只是簡單梳理，藍眸因為今天這樣重大的日子熠熠生輝。

算了吧……邵鈞經過短暫的內心掙扎，這輩子就這麼一次結婚，就順著他吧。

在艱難的沉默中，柯夏非常喜悅地上前來替他先脫了睡袍。

然後同樣順序又來了一遍……果然柯夏還是那一套在機器人身上演習過的套路，細緻，認真，虔誠，以及同樣無數的滿懷愛意的吻，然後邵鈞終於發現了自己的錯誤。

機器人邵鈞可以像一具大型人偶一樣無動於衷任由柯夏擺弄，這具身體卻太不一樣了，尤其是清晨這樣的大好時光，柯夏的唇落在肌膚上，彷彿一簇一簇的小火苗瞬間產生。

柯夏對這和早上的機器人完全不一樣的反應也吃了一驚，霍然抬頭去看邵鈞，邵鈞臉上微熱：「穿衣服就好好穿，別亂來，今天有正事。」

柯夏瞇了下眼睛，笑了：「時間還很充足，先晨練一下也是可以的。」

然後邵鈞就被按回了床上。

清新的晨間空氣中，兩人完成了無比愉悅的晨練活動，才總算又將那套繁瑣的禮服互相幫忙地穿好了。

在明亮璀璨的晨間陽光下，柯夏今天穿著雪白鑲著金邊的皇帝禮服，腰上佩著薔薇之歌佩劍，金髮上戴著冠冕，手裡持著金色的權杖，氣勢華貴而凜然。

邵鈞替他扣好披風上的金翼別針，往後退了兩步，頗覺得滿意，柯夏卻也非常愉悅地看著穿著深黑色有著暗金色低調禮服的邵鈞，這套猶如夜色一般低調華貴的禮服被邵鈞穿上以後，襯托出他鴉翼一樣漆黑的頭髮和眼睛分外醒目。

兩人飽含愛意地又交換了個吻，柯夏才按了下通訊器，很快花間雪帶著一批化妝師從外面衝了進來，顯然等候已久，然後十分俐落地指揮著化妝師們替柯夏和邵鈞修容，重新整理裝束、佩劍、配飾等等，直到將他們兩人上上下下弄得一絲不苟，連每一根頭髮絲都彷彿在閃著光，然後才滿意道：「可以了，讓小酒安排車輛，時間要到了。」

雪白色華貴到了極點的豪華敞篷飛梭停在了門口，柯夏帶著邵鈞上了車，前邊數輛開道的引導車先整齊地開動了，然後飛梭便安靜而快速地滑行了出去，無數拱衛著這輛最尊貴的帝王座駕的飛梭也整齊圍繞在後，齊齊開動，浩浩蕩蕩沿著寬闊的逐日宮中大道一路行駛向風語聖殿行去。

風語聖殿前的廣場上已經站滿了民眾，當豪華浩蕩的車隊風馳電掣一般地從寬闊的路上開過時，民眾們鋪天蓋地的歡呼聲響起，猶如浪潮一般一波一波地湧了起來。

天已經大亮，金色的陽光下，鮮花、氣球、白鴿以及許多漂亮的旗子在風中漂浮著。飛梭很快到了風語聖殿前停下，護衛隊士兵已經上前打開飛梭門，柯夏先下了車，然後伸手去引導邵鈞。

無數的攝像頭對著飛梭門，十幾億聯盟和帝國的民眾，透過星網轉播，目不轉睛地看著這位尊貴英俊的帝國皇帝，伸手小心翼翼地將一位黑髮黑眼，年輕得過分的男子接下了車，然後肩並著肩從中間的紅地毯往聖殿內走去。

無數的評論在星網直播下爆發式地爆發了。

「竟然這麼年輕，看起來沒有滿二十吧？」

「是的，官方公布的歲數就是十九歲。」

「雖然相貌……比起陛下那種英俊是差了點，但是看著也還挺順眼的。」

「皇帝陛下的伴侶還是第一次出現在鏡頭前吧？但是一點沒有怯場的樣子，皇帝將他的私人資訊保護得很好啊，直到現在我們還只是知道他的名字和歲數而已。」

星網上的喧擾他們看不到，而廣場上的歡呼在他們兩人並肩步入聖殿的時候就已經被良好的隔音設備隔絕開了。

寬闊的大廳內，已經站滿了各國政要以及帝國的高層貴族、大臣們，他們顯然也都對這位從來沒有被暴露在公眾鏡頭下的帝國柯夏皇帝的配偶充滿了好奇，無數的視線看了過來。

但邵鈞卻彷彿沒有受到絲毫困擾，沉穩冷靜地和柯夏向前走到中央的高臺上，前任帝國皇帝柯樺身著著華麗的教會袍，已經站在那裡對他們微笑，他是今天婚禮的主持，身後一對漂亮的男孩女孩彷彿天使一般，捧著婚戒盒子。

而在鮮花簇擁的檯子一側，機器人邵鈞也靜靜站在那兒，等待他們的就位。一切都是最完美和最圓滿的時候。

穿過長長紅毯，兩側的嘉賓們帶著笑意用掌聲迎接著他們，都是熟悉的面孔，鈴蘭、布魯，山南中學的校長、軍校的學生們、柯夏的老師、軍中的同僚、下屬，霜鴉、奧涅金總統和伊蓮娜，還有帝國這邊以柯葉親王為首的貴族，他面無表情衣著華貴站在那裡。

星網上的觀眾們津津有味如數家珍地在一掃而過的鏡頭裡尋找著熟悉的政要：「從來沒有如此鮮明地意識到帝國皇帝是前聯盟元帥啊，這麼多的聯盟政要，不是據說現任聯盟元帥其實和陛下不合嗎？」

「政治人物哪裡會這麼幼稚，不合還寫臉上嗎？」

「問題是聯盟元帥本來就不是必須要參加帝國皇帝的婚禮的啊。」

「也沒有哪一任聯盟總統會參加帝國皇帝的婚禮好嗎？上一次奧涅金總統還參加了皇帝陛下的加冕禮。」

「信號很明顯吧？帝國和聯盟會和平很久吧？」

「說實在的雖然帝制如此腐朽，但是看到每一任帝國皇帝如此美貌，還是很讓人好感倍增的啊，旁邊主持的是帝國上一任皇帝，柯樺陛下吧？他銷聲匿跡很久了，現在看來感覺很好啊，真的像個聖潔的天使一般，不愧是帝國雙星啊。」

「我想說這位柯樺陛下，好像我家鄰居啊……那頭金髮……可是我家在聯盟……可能只是長得相似吧，那家有個超級漂亮的女兒，也是像小天使一般。」

「帝國以前皇室的相貌都是嚴格保密的，即便是聯盟這邊的新聞媒體也拍不到近距離照片的。」

「我看到下邊的皇室成員還有個柯葉親王吧？以前也是盟軍副司令的，那個不是也傳說和柯夏陛下不和嗎？看來現在也還好。」

「政治人物沒那麼幼稚的。」

「但是傳達出來的信號都是穩定繁榮的感覺啊，說實在話雖然不認識帝國皇帝的這位神祕的伴侶，但是看得出皇帝陛下非常重視呢，而這樣一場婚禮傳達出來世界大同的信號也讓帝國、聯盟的民眾都放心了啊。」

「大家都不想再遇到戰爭了，帝國收斂了攻擊性，表現出更文明和親民的姿態，對大家都是好事。」

「伊蓮娜小姐還是那麼美。」

「我看到了夜鶯歌后，看來歌后和皇帝的關係還是非常不一般啊。」

「夜鶯歌后已經當面否認過很多次和皇帝陛下的緋聞了，他們只是患難之交。」

「只有我對皇帝伴侶感覺到好奇嗎？太年輕了，但氣勢一點都不弱，皇帝陛下看他的眼睛也是深情滿滿，應該還只是上學的年齡吧？按說皇帝陛下那樣經歷過這麼多的成熟男人，怎麼會選擇一個沒經歷過什麼事，像白紙一樣的學生？」

「我真的見過他，帝國九州大學機甲整備系的，不過沒來上過幾天課。」

「真好奇他們的相識相愛過程啊，皇室為什麼完全不公布一點詳細的資訊呢？」

「就是因為太年輕才要保護資訊吧，我很欣賞皇帝陛下這樣的保護欲呢。」

忽然，所有的星網評論瞬間都停了一下。

因為那對高貴英俊的男子在踏上高臺的一剎那，原本整個鋪滿鮮花的聖殿大廳忽然倏然隱去，唰！從兩個主角的足下霍然擴展開了一個藍黑色的無垠空間。

銀河在無限的空中熠熠生輝，遠處的恆星風吹過，所有聖殿裡的人都彷彿懸空站在了無垠的宇宙空間中，而在不遠處的星空，有著密密麻麻的星艦，在接到信號的一刻，各個旗艦向上，放出了絢爛的禮炮！

星網上的評論瘋狂地刷了起來彷彿流速飛快的瀑布！

「啊啊啊啊那是什麼！那是宇宙星艦嗎！」

「一邊聯盟一邊帝國！每個軍團全都在！」

「機甲！那是機甲隊！好好看！那是天寶吧？皇帝的專屬機甲！還有雷鳴、

霜行者！風之語，獨角獸……全都做出了守護姿態，天啊機甲愛好者還有那群軍迷們要瘋了！」

「是即時立體投射嗎！從茫茫宇宙投射過來，這技術——太厲害了太厲害了！」

「啊啊啊啊啊啊！好像在看大片一樣！」

「所以是星際婚禮嗎？好浪漫！」

「主角就好像踏在銀河上一般，軍團機甲隊護衛，星艦放禮花，銀河做地毯，無盡星塵是空中的點綴，恆星是他們的誓詞見證，永恆的宇宙是他們的婚禮現場，皇帝陛下真的好浪漫啊！」

邵鈞發現忽然自己身在太空中也吃了一驚，轉頭看到柯夏藍色眼睛猶如星星一般含著笑意看著他：「這是給你最盛大的星際婚禮。」

邵鈞笑了。

柯樺輕輕咳嗽了下，上前開始主持：「各位，歡迎大家今天來到這裡，見證我們的帝國皇帝，柯夏陛下，以及邵鈞先生結成伴侶。」

無數的星艦停止了禮炮，靜謐無垠的宇宙中，他們的誓詞在星辰、人民的見證下回蕩著。

「從今日開始，我柯夏邵鈞在這裡締結婚姻，結成伴侶。」

「從此無論是順境或是逆境、富裕或貧窮、健康或疾病、快樂或憂愁，都將彼此相愛，相惜。」

「直到永遠。」

宣讀婚誓，交換婚戒，那兩枚已經訂制了許久的守護與陪伴，終於戴在了他們的主人手上。

柯樺手上沾著聖水，替他們額頭上沾溼，代表著賜福。

絢爛的禮炮再次在宇宙中綻放，柯夏和邵鈞在閃閃發光的銀河中擁吻，在無盡的銀河中，邵鈞感覺到自己的視角很奇怪，一方面他面前是柯夏英俊非凡的臉和笑著的眼睛，是唇舌深吻的柔軟。

另外一方面他卻又彷彿站在一側，以第三者的視角看著他們兩人擁吻，皇帝陛下緊緊攬著他的腰身。

他忽然意識到，那是他的機器人身體，經過這樣立體投影，應該所有人都看不到他的機器人身體。

幸福的愉悅滿滿漲滿著胸膛，他有著鮮明的感覺，那第三方視角開始向他們走過來，然後那縷分開著的神魂擁抱了他們兩人，他閉上眼睛，可以清楚的知道，那一縷神魂圓滿地和他合二為一融合在了一起。

神魂上傳來了一種極為完滿舒適的感覺。

彷彿就連柯夏都似有所覺，唇分之後凝視了他一會兒，然後兩人又再度吻在了一起。

宇宙星間中萬古不滅的璀璨星辰靜謐而溫柔地祝福著他們。

高高的風語之塔平臺上，皇帝陛下和他的伴侶走出來向著子民們揮手，碧藍的天空上禮儀機飛翔而過，拉出了長長的彩帶，無數的白鴿、氣球飛起，簇擁在廣場上的臣民們歡呼起來。

邵鈞垂目看著那些生機勃勃的人民，柯夏在他身邊呢喃：「你喜歡這樣平凡而擁有生命力的世界嗎？」

「我為你建設。」

「讓你，讓所有人，都能在一個和平的、安穩的世界裡，幸福而平凡地度過每一天。」

邵鈞轉眼看著他：「我很幸福，謝謝你。」

「所以你會一直愛我吧？」

「當然，我愛你，直至永遠。」

Chapter 278 帝國日常之寶石海灘

聲勢浩大的星際婚禮後，邵鈞立刻就被柯夏打包去了蜜月。

蜜月地點第一站就是翡翠星，幸好這次蜜月沒有再讓機器人陪同，事實上彷彿永遠有著一顆少女心的柯夏還是有些蠢蠢欲動，但是很堅決地被邵鈞給截住了。

他絕對不想再第二次靈魂被震到那個機器人身上，柯夏這個玩等身模型的毛病他必須得將他改掉，管他什麼比馬龍，他的精神力不能那麼浪費。

漂亮的翡翠星已經不復從前兩個人的荒星時光，它已經變成了一座有著軍事基地的觀光星，冰藍色的亞特斯蘭大主城和漂亮同心圓廣場被人們熟知，尤其是歌后夜鶯時常會來這裡舉辦音樂會。

漂亮又乾淨的碧藍色海水引來了無數遊客，那片曾經被邵鈞發現過密布著冰皮瑪瑙寶石的海灘，被命名為寶石海灘，無數的遊客正在沙灘上嬉戲度假。

徐徐熱風吹在肌膚上，令人感覺到無比舒爽，邵鈞和柯夏在寶石海灘上光著腳只穿著一件泳褲走著，兩人因為都有良好的高強度運動習慣，有著一絲贅肉都沒有的良好身材，寬肩長腿細腰，年輕富有彈性的肌膚在陽光下閃閃發光，非常自然地吸引了許多沙灘上遊客們的目光，但這兩人氣質都隱隱帶了貴氣，又一直親密無間地融洽交談，修長手指上都戴著婚戒，攔住了許多想要上前搭訕的人。

柯夏時不時撿起來一顆漂亮的冰皮瑪瑙來，彷彿孩子一般地攥在手裡然後打水漂，一邊興致勃勃對邵鈞說話：「現在你給我吃過的東西，也都成為昂貴的星球特色菜出現在酒店菜譜上了，算不得黑暗料理了。」

邵鈞忍俊不禁：「你能想開就好，晚上回風暴星去看看？」

柯夏也帶了絲懷念：「已經讓他們重新收拾過了，稍微去看一眼就回來，你現在是人的身體了，那邊輻射太強了。」

邵鈞側過臉對他笑，漆黑的眼睛和分外年輕的面容讓柯夏一陣恍惚：「身體來之不易，一定要好好愛惜。」

邵鈞道：「沒有那麼脆弱，而且出行之前你又強行給我補打了好幾針沒什麼必要的疫苗。」

柯夏笑得非常坦蕩：「翡翠星、風暴星後，我們下一站去白銀星，你還記得那裡嗎？你偷偷在那裡拍戲，被我逮到了。」

邵鈞有些無語，柯夏津津有味道：「現在那裡因為花間風的精靈影片大受歡迎，已經出現了免費扮演精靈的沉浸式劇情遊玩，大受小孩子們的歡迎呢，什麼乘坐獨角獸機器，什麼扮演精靈在白銀湖上跳舞……」

邵鈞道：「尊貴的皇帝陛下，看來你為了這次蜜月旅行，研究了很久呢。」

柯夏眉飛色舞：「我訂了白銀森林的空中樹屋，在樹屋的床上就可以俯瞰整個白銀森林。」他腦海裡已經自動演出了幾萬字的床上活動……眼神已經自動落在了邵鈞的耳朵上，想像著那裡改裝成精靈尖耳朵的樣子……

邵鈞可沒想到柯夏心裡對他的花樣百出，看到柯夏這樣興高采烈……想想他這麼多年來一直在打仗、復仇，終於有這麼個放鬆的機會，也頗有些縱容寵溺道：「那就多在那裡玩幾天好了。」

柯夏卻津津有味道：「倒也不必，後頭還有很多好玩的地方呢，我都安排好了。」

邵鈞笑了下看到他們已經走到了一處僻靜的海水處，這裡海水相對深一些，是游泳的好地方，便提議道：「下水去游一會兒吧？」

柯夏道：「好，我們比賽！」

邵鈞基本都順著他：「好吧，就以對面的島為距，一個來回。」他抬眼看了下遠處，曾經他展開翅膀帶著柯夏飛過去過。

柯夏興致勃勃站好躍躍欲試，邵鈞卻過去先替他揉開四肢肌肉，柯夏感覺到邵鈞的手熱熱的，心裡一暖，也笑著打趣邵鈞：「剛才已經走了這麼久，這麼點距離沒事的。」

邵鈞道：「你忘了你的神經痛？這裡算深水區了，一會兒海水肯定有點涼，你注意點。」

柯夏瞇著眼睛笑得喜滋滋的，沒想到邵鈞卻忽然一個魚躍，漂亮地入了水，啪啪啪幾下已經游出了七八公尺外，回頭笑了下：「還不快點，你要輸了。」

柯夏睜大眼睛，被一貫沉穩的邵鈞突然這麼孩子氣地搶游感到好笑，一邊也躍進了海水裡，海水被他們拍打出了漂亮的浪花，兩具矯健非凡的身體在水裡穿行，很快都完成了一個來回，柯夏以微弱的優勢領先了一點，兩人出了水，各自水淋淋站在沙灘上，胸膛起伏氣喘吁吁，相視一笑，一起又慢慢走回沙灘上他們的陽傘躺椅處。

邵鈞拿了毛巾隨便擦了擦，便躺在躺椅上閉上眼睛假寐，柯夏坐在一旁看到邵鈞線條流暢的精悍腹部肌肉和修長長腿，吞了吞口水，便拿了防晒油來替他擦。

邵鈞只管閉著眼睛，隨著他伺候，然後過了一會兒果然感覺到柯夏的手開始不老實，火熱的手心摻著油，一直往敏感的地方和腰間蹭，他睜開眼睛無奈道：「我要喝水。」

柯夏連忙去拿水杯遞給他，邵鈞趁機拿了毛巾袍往身上蓋了下，柯夏可惜地看了那被蓋在毛巾下的腹肌兩眼，邵鈞喝著水道：「你也休息一下吧。」柯夏只好也躺上了躺椅，一雙大長腿大大咧咧地拖到地上，非常不老實地踢著沙子。

沙灘上遊人如織，有一個漂亮極了的亞麻色頭髮女童正在沙灘上，小手握著鏟子在玩著沙子，她身旁不遠處有個微胖的婦女，髮色和眼睛顏色都和她不同，正在看著手裡的通訊器裡的肥皂劇，時不時抬眼看一眼那女童叮囑她：「狄麗斯，不要把沙子揉到臉上，一會兒你媽媽回來要說你。」

那女童一個人玩著非常自得其樂，一看到波浪湧上來沖翻沙子自己就咯咯咯地笑，漂亮小臉就像柔嫩的蓓蕾一般，她應該還不太會說話，只是啊啊地應著旁邊的保母。

邵鈞盯著那女童笑得花一樣的臉有些出神，柯夏看他這樣，裝作毫不在意地樣子問他：「喜歡孩子？想要孩子嗎？」

邵鈞搖了搖頭：「沒有，從來沒想過要孩子——我只是想起菲婭娜，差不多的年齡了，不知道她們在聯盟過得好嗎？」

柯夏悄悄心裡鬆了一口氣，好日子才開始，他可不想立刻就有個小麻煩精來奪走鈞的注意力，不允許！以鈞那種聖父的性格，如果有個孩子，一定是全心全意像從前待自己一樣，到時候自己的地位那肯定一落千丈！他笑著道：「過得很好的，玫瑰小姐已經順利就讀了女子大學，機修系，柯樺都偷偷跑過去了，弄了個教師的身分，據說非常受歡迎。」

邵鈞忍不住笑了：「柯樺做教師，他教什麼？」

柯夏道：「神學研究，他的確是專家，也的確有學位的。」

邵鈞點著頭：「挺好，前幾天婚禮上看到柯葉，過得好像也不錯，只有柯楓精神力受損，變成了白痴。」

柯夏道：「我聽小酒說，柯葉那個神經病現在也住在亞特斯蘭大這裡，買了個小酒館天天在裡頭賣酒。」

邵鈞忍不住笑了：「他是知道霜鴉經常會回這裡，沒死心吧？」

柯夏道：「是啊，屬於柯氏基因的偏執和瘋狂，霜鴉倒了大霉了哈哈哈哈。」

他笑得頗有些幸災樂禍。

邵鈞好奇問：「他還是那具鋼鐵身軀？他可以重新培養身體的吧？就算精神力太過虛弱，但還是可以改善吧。」

柯夏道：「他沒有換，按他的說法是，沒有身體欲望以後，來自精神和靈魂的渴望就如此鮮明而純粹，他喜歡這種感覺。」

邵鈞閉著眼睛靠在背椅上：「是很像他的風格，霜鴉有遇見過他嗎？」

柯夏道：「聽說遇見了，就當陌生人一樣，後來有次他的男伴不知怎的被柯葉給搞了，霜鴉去和柯葉算帳，柯葉說那男伴私下喝軟性飲料，不配和他一起，霜鴉好像和他拌了幾句嘴，最後也沒怎麼樣，走了。」

邵鈞道：「他這麼多年，現在又身為聯盟元帥，就沒遇到個合適的好人？他如果真有了伴侶的話，柯葉應該也就會死心了吧。」

柯夏道：「聽以前聯盟軍的人說，他其實脾氣有些古怪，和人親近一陣子後很快就又疏遠了，應該是很難和人建立起親密關係，似乎是無法信任人。」

邵鈞皺了眉頭，柯夏有些不爽道：「艾莎說他私下去看過心理醫生，結果說他因為過去的創傷性經歷以及被刻意調教過的心理，導致了他有很重的雛鳥心理，會對救過他的人有過於依賴的心理，甚至於被傷害了仍然很難擺脫，並且仍然還會不斷地尋求一個能夠無條件依賴和託付的伴侶，這種伴侶在現實生活中是不太可能的，他其實很清醒自己存在的問題，但是仍然無法很健康地與人建立親密關係。」

邵鈞同情道：「這樣的心理問題是需要長期改善的。」

柯夏怒道：「別以為我忘了！你也救過他！」

他看向邵鈞：「他分明就是還對你念念不忘！」

邵鈞忍著笑：「怎麼這麼酸，我都和他沒有什麼來往。」

柯夏怒道：「你以為我不知道嗎？你還沒結婚的時候，他還整天發邀請給你，還說邀請你加入聯盟軍，他明明知道你就要和我結婚了，之後要在帝國定居的。」

邵鈞安撫他：「我不是拒絕了嗎？而且當時聽說是星谷要塞那邊出缺了，莫林上將大力推薦從前的杜因擔任，大家都很奇怪，只有明白底裡的霜鴉知道他們還念著我，就問我要不要回去任職看看。」

柯夏酸溜溜道：「你身體都換了，怎麼可能還回去，他明明就還是想哄你回聯盟去。」

邵鈞很是耐心：「他們並不是希望我回去，其實是意在你罷了。」

柯夏一怔，邵鈞笑道：「我明顯不會參與帝國的朝政太多，他們爭取了我，哪怕只是在聯盟一個虛職，你為了我，也不會對聯盟下什麼狠手，你才任帝國皇帝，目前還對聯盟有著情分，但是以後呢？如果阿納托利不再任總統了呢？你站在帝國權力的頂峰，肯定要慢慢地開始為帝國謀取利益，而逐步膨脹的權力欲也許有一天會讓你將佩劍指向聯盟。」

柯夏想了下：「倒也沒錯。」

邵鈞笑了下：「他們想要爭取我是很正常的，但是明顯是為了你，我可沒那麼萬人迷。」

柯夏轉頭看向他笑著躺在躺椅上，寬大的浴袍前襟鬆開，露出裡頭的胸膛，又有些口乾舌燥：「你不懂你自己有多迷人，我敢保證他們就是對你有覬覦之心。就是想把你從我身邊搶走。」

邵鈞忍笑：「行了行了，戀愛腦的帝國皇帝，我看到你的通訊器在閃。」

柯夏早就感覺到了腕上的振動，抬腕看了眼道：「是帝國那邊的緊急軍情，我回飛梭那邊看一下。」

邵鈞道：「去吧。」

柯夏起身往飛梭走去，幾個遠遠偽裝成遊人的近衛，立刻跟上了他，花間酒手裡拿了件浴袍為他披上，柯夏邊走邊交代：「留著人在鈞身邊。」

花間酒道：「還有一半人手的。」

柯夏微微放心，走向飛梭，接通了機密通訊。

花間酒帶著人守在門外，沒多久手上通訊卻又忽然閃動起來，他低頭看了下通訊連忙敲了敲飛梭門，柯夏推開門滿臉惱怒：「什麼事？」

花間酒看他臉色就知道皇帝陛下心情極差，硬著頭皮道：「鈞親王那邊發生了點小狀況。」

柯夏二話不說又躍下了飛梭轉回沙灘，一邊急促問道：「發生了什麼？」

花間酒道：「沒有生命危險，他身邊有護衛隊護著，應該只是一些小糾紛。」

柯夏大步走過去，果然遠遠看到人群圍繞著海邊，有女子在哭泣，邵鈞站在中央被幾個護衛隊成員護在中間，身上溼的，頭髮還在溼漉漉往下滴著水，員警站在中央，一個男子怒氣滿臉道：「因為我兒子有些肚子疼，我和太太就先帶兒子去了醫務室，讓保母帶著女兒在沙灘上玩耍，結果回來就聽保母說這位男子非常冒失帶著我女兒往海裡游泳導致我女兒溺水！我和他理論，他卻指示人對我動手！」

他身旁的婦人果然抱著個小小的女童，女童渾身都溼漉漉的，但應該已經經過急救處理，應該只是吃了驚嚇，正在哇哇大哭。

邵鈞沉聲道：「是這女孩的看護沒有認真看護，一直在看連續劇，我看到孩子忽然被海浪捲走，匆忙之間躍入水中將孩子救起的，並且看到孩子溺水，我的隨身醫生還對她做了急救。」

女孩的父母看向了那個微胖的紅頭髮婦女，那婦女睜大眼睛臉上還有著淚痕：「他胡說！我剛才就看到他一直盯著狄麗斯看！肯定早就心懷不軌！」

人群紛紛議論著，員警道：「都一起先回警局好了。」

卻忽然聽到冷笑了一聲，之間人群被幾個彪悍的保鏢一樣的人驅趕開來露出了一條路，一個金髮碧眼英俊非凡的青年男子走進來道：「沙灘上有監控，調出來看看就真相大白了，實在不行，他身邊的保鏢也都有隨身監控，隨時能證明我們的清白，只是這位夫人，你信口污衊，會遭受到什麼懲罰知道嗎？」

有監控？那紅髮婦女臉色變得煞白，卻還嘴硬著結結巴巴道：「他之前一直看著狄麗斯，後來一轉眼我就看到他抱著狄麗斯從海裡出來……」

柯夏逼視著他：「只是從海裡出來，就是他帶走的嗎？你既然看著孩子，孩子怎麼可能被一個陌生男子接近，攀談，這麼快帶下水而毫不掙扎、呼喊？」

員警看他氣勢凜然，身邊帶著的護衛也各個都訓練有素，冷漠嚴峻，心裡也微微打了個頓，上前問道：「請問你是這位先生的什麼人呢？」

柯夏看了眼邵鈞：「我是他的合法伴侶，我以人格擔保他絕不可能做出那位夫人指控的事，另外，我們的護衛身上也都帶著隨身監控，隨時能證明全程。」

忽然人群裡有人驚呼：「是帝國皇帝！我前天才看過他們結婚典禮的星網轉播！」

人群一陣騷動，開始不斷有人翻出通訊器，翻看新聞上的照片，然而他們兩人的相貌特徵實在太過明顯了，一個金髮碧眼一個黑髮黑眼，相貌、年歲全都對得上。

帝國皇帝？那個之前憤怒的父親臉色變白了，看向邵鈞，又看向柯夏，如果真的是帝國皇帝的話，人家確實沒必要做這樣的事。

兩個員警面面相覷，一個員警鼓起勇氣上前道：「即便是來自帝國的遊客，但是這裡是聯盟的治理下……」

柯夏臉色微微有些不好看，但聲音也還算平和：「我們拿旅遊簽證過來旅行的，先回主城再說吧。」

他伸手拉了邵鈞的手，轉身就走，無數近衛簇擁著他，遠處早已有人將飛梭開了過來，兩個員警將那幾個家長孩子一起帶上了警車，一路進了亞特斯蘭大，然後直接開入了主城最後的軍事基地內。

兩個員警開著警車，一路看著旁邊屬於聯盟的士兵不斷向著他們這個車隊敬禮，微微吞了吞口水：「竟然是住在基地裡的，這裡屬於高度絕密基地，任何人都不能踏步其中的。」

那男子的夫人緊緊抱著兩個孩子，低聲道：「帝國和聯盟不是敵對的嗎？怎麼會讓帝國的皇帝進入聯盟的絕密軍事基地？」

員警顯然也有些困惑，一個員警道：「這位帝國皇帝，可是做過我們聯盟的元帥的啊……說不定這個基地他早就來過了。」

「是啊……我聽說當年這位陛下早年被流放在風暴星……就在這附近。」

林立的士兵一路鞠躬，等著他們到了一幢極其漂亮的城堡前，飛梭停了下來，有士兵衝上來替他們開門，又是一隊士兵齊刷刷舉起了手。

一位穿著深藍色聯盟軍服有著異色雙瞳氣勢凜然的男子從裡頭迎了出來，對柯夏道：「陛下、親王殿下這麼早就回來了？」

剛剛下車的員警腿開始軟了：「是霜鴉元帥……」

柯夏看到霜鴉正想起剛才討論的事來，有些沒好氣道：「你怎麼來了？你不是應該在白銀要塞嗎？」

霜鴉一笑：「我聽說帝國皇帝陛下和邵鈞親王殿下過來，貴客駕臨，怎麼敢怠慢，自然是要過來迎接的。」

柯夏有些酸溜溜道：「這座城是鈞建給我的，現在我們反而成了客人。」

霜鴉對著鈞笑：「只要鈞回到聯盟，這座星球隨時可以登記在鈞名下，聯盟是可以有雙重國籍的。」

柯夏怒道：「想得美！」

邵鈞卻轉頭看了眼還在一旁戰戰兢兢等著的平民家庭和兩個員警，溫聲道：「還是先安排個房間，讓醫生給兩個孩子再看一下，另外請這兩位員警趕緊辦理完公事吧？」

霜鴉轉頭看到兩個員警，有些詫異：「怎麼員警也進來了？」

兩位員警上前敬禮道：「我們接到一起針對兩位帝國貴客的投訴，因此不得不前來履行職務，還請元帥閣下諒解。」又轉身對邵鈞道：「應該只是一些誤會，只需要殿下的護衛提供沙灘上的影片，想必這幾位遊客也會解除誤會的。」

霜鴉點了點頭，示意身旁的親衛儘快安排，很快醫生上來引著女客和孩子先進去檢查、更換衣服，而影片很快也提供給了兩位員警，那位憤怒的父親很快也向邵鈞、柯夏誠摯道歉。

這就算結案了，但一位老練的員警還是上前請示柯夏道：「另外還有一事向陛下請示。」

柯夏道：「什麼事？」

員警道：「今天沙灘上許多人已經認出了陛下以及親王殿下，想必這個小插曲現在都已經出現在星網新聞上了，想必我們警署也會接收到媒體的採訪，那麼為了證明邵鈞親王殿下的清白，我們是否可以對媒體提供這段救人的影片呢？否則怕是對親王殿下和皇帝陛下造成不良的負面影響，我個人建議是如實公布出去，一是洗刷邵鈞親王的冤枉，二是有助於帝國和聯盟的友好邦交。」

柯夏不由多看了那員警兩眼：「沒錯，聯盟還是不少人對帝國充滿敵意的，就公布出去吧。」

員警恭敬敬了個禮：「感謝陛下和親王殿下的通情達理，也感謝你們對聯盟子民的援救，歡迎你們下次再來翡翠星。」

邵鈞笑道：「謝謝你，不必客氣。」

很快員警帶著得到妥善醫治已經沒事的平民一家出去了，花間酒還代表帝國皇家，給了那家子受驚的孩子一份皇室紀念品。而在城堡最高的天臺上，一頓華麗的晚餐已經安排好，霜鴉懶洋洋地坐在一側，陪著柯夏和邵鈞用餐，令人訝異的是，柯葉親王也坐在一側。

柯夏看到柯葉也有些吃驚，柯葉親王點了點頭：「霜鴉元帥讓人請我來的，其實我在酒館裡挺舒服的，但是既然是陛下來了，自然也該來陪陪。」

霜鴉全然沒有看他，倒是頗為自在地刷著手邊電紙螢幕上的新聞：「帝國皇帝及其年輕的伴侶微服出現在聯盟觀光勝地翡翠星，疑為蜜月旅行，海灘上與遊客起衝突。」

「翡翠星員警總署發表公告，稱收到遊客報警，出警處理了一起遊客糾紛，目前糾紛已得到圓滿解決，並且對外發布了一段影片。」

「帝國皇帝的年輕伴侶躍入海中，救出溺水兩歲女童。」

「溺水女童家長接受記者採訪，大讚帝國皇帝極其伴侶是品行高尚之人，尤其是邵鈞先生，是一位極其高貴溫柔的紳士。」

霜鴉哈哈大笑著看向邵鈞：「然後下面新聞評論上全都是在瘋狂誇你和皇帝陛下的身材的——所有高清的圖片已經被貼爆了所有論壇了。」

柯葉道：「可惜你們這樣一爆，這裡是不能再待下去了。」

霜鴉道：「沒錯，剛接到報告，翡翠星這邊的所有旅館已經全部被來自聯盟、帝國的遊客預訂滿了，還有無數的記者正在飛速趕來，想安靜地度假很難了，現在你們是怎麼打算？先去下一站白銀星嗎？我可以送你們過去。」

柯夏臉色微微有些難看：「有點麻煩，我們可能要提前返航，帝國出了點事。」

邵鈞想起下午收到的緊急軍情，忙問道：「什麼事？」

柯夏道：「帝國北部平原納沙省有起義，暴民挾持了總督，占領了能源坑。」

他的蜜月，他現在心裡有一千頭狂暴的奔馬。

霜鴉哈哈大笑：「不是吧！你才大婚！眼看著國泰民安的，又有你這樣的精於軍事的皇帝在，明擺著叛亂就是死路一條，怎麼還敢有暴民敢起義？怕是又是官逼民反，沒有辦法了吧？他們也沒想過能怎麼樣，只是逼上絕路不得不如此，你的擔子還重著呢，最好早點回去處理，在那些暴民沒有做出更不能回頭的事之前回去將事態控制住，否則事情鬧大開始死人，反而難處置。」

柯葉回憶了下道：「總督是柯智，說起來算是宗室，估計駐軍不敢輕舉妄動，否則這點暴民，不至於驚動到你。」

邵鈞道：「那立即返航嗎？」

柯夏看了眼他，有些不甘：「其實可以遠端遙控，我可以先回去看看事態，你可以繼續按原計劃去白銀星，在那裡等我，我很快就能處理好回去。」

柯葉也開口道：「這種小事我可以回去處理，你們繼續蜜月好了。」

霜鴉涼涼笑了下：「你回去處理？怕是把那些暴民全殺光吧？我看柯葉親王的名頭打出來，對方肯定立刻同歸於盡先把人質給殺了，還是算了吧。」

柯葉看了他一眼，脾氣很好道：「那邊我以前巡視過，我等等和你說一下注意事項和那邊駐軍將領的脾氣吧。」

柯夏也沒客氣：「好。」又轉頭看向邵鈞：「你先去白銀星吧？」

邵鈞搖頭道：「不了，以後閒了哪裡不能去？還是我們一起返航吧。」

柯夏心裡又是愧疚又是甜蜜，伸手握住邵鈞那只帶著婚戒的手：「好，下次再和你一起出來。」

霜鴉彷彿傷眼一般：「嘖，真是虐狗。」

柯夏微微帶了點示威看了他一眼，一頓潦草的晚餐用過後，果然星艦開始準備返航，霜鴉親自送他們上了星艦，柯葉在和柯夏說著一些那邊的軍事部署情況。

邵鈞退後了半步悄悄問霜鴉：「怎麼對他態度還算好？這是和解了？」

霜鴉低聲道：「別想太多，純政治目的，他可是曾經掌軍多年的帝國親王。誰知道帝國和聯盟這和平能保持多久呢？不過是能爭取一點時間就多爭取一點，能多拉攏一支勢力就拉攏一支勢力。」

邵鈞：「……」

霜鴉看向他，雙眸流光溢彩：「不然呢？我現在可是聯盟元帥，我有我的職責。我們早就回不到過去了，他也吃準了他對我還有價值，不可能和他明著翻臉罷了，大家都是相互利用。」

邵鈞一時竟不知說什麼才好，霜鴉輕笑著：「所以我們這些人才羨慕柯夏啊，能和你這樣，不夾雜一點利益的靈魂伴侶，那是多少人都難以成就的一對，越是站在高處，摻雜越多的利益，就越不可能擁有。」

星艦緩緩收起了能源艙，即將起航。

霜鴉拍了拍邵鈞的手：「可惜，沒能多陪你幾天，祝你們蜜月愉快，再見。」

威嚴巨大的旗艦開始啟動，柯夏和邵鈞並肩站著，看著星艦漸漸遠離，翡翠星變成了一滴在宇宙中寧靜的冰藍色寶石，柯夏酸溜溜地問邵鈞：「剛才霜鴉和你說什麼？是不是又想遊說你加入聯盟國籍？」

邵鈞笑道：「沒有，他說我們是靈魂伴侶，他很羨慕我們。」

冒著酸氣的柯夏瞬間全身立起的毛都被撫平了，眉目舒展，唇帶微笑：「那是當然，肯定的。」

Chapter 279 帝國日常之絢爛星雲

臨時被中斷蜜月的柯夏和邵鈞回到帝國，柯夏馬不停蹄就往北部納沙省去了，雖然邵鈞很想去，但被柯夏堅決拒絕了。

處理這種暴民叛亂的事，一般都很微妙，往往不會有什麼愉快之處，更不用說一些見不得人的噁心勾當，他可不希望以後邵鈞回憶起這個完美的婚禮和蜜月時，只記得那些不愉快的經歷。

更何況納沙省那邊盛產能源，這次就是礦工暴動了，和奴隸一起挾持了總督，盛產能源的意思就是礦坑多，輻射高，柯夏是絕對不捨得讓精神力還沒有完全恢復的邵鈞冒著危險過去的。

當然，為了不讓邵鈞堅持，他當晚很是賣力。

第二天趁著邵鈞還在沉沉睡著，帶著人出發了。

不過估算著邵鈞起來了，他還是連忙和邵鈞視訊，想著好好多解釋幾句把他哄過去就好了。

結果通訊終端關機了——一連打了幾次都是關機。

柯夏本來自信滿滿覺得邵鈞不會在意的，這下心裡也有些七上八下了，連忙打了個通訊問留守宮裡的花間琴，花間琴有些無語：「親王殿下去九州大學上課了，應該是上課關機了。」

柯夏難以置信：「上課了？」

花間琴道：「當然，親王殿下通訊終端全是各門科目學分學時不足的預警，既然有空，連忙去補學分去了，不然連下一年的旁聽資格都要被取消了啊。」

好吧，雖然九州大學絕對沒這種膽取消親王的旁聽資格，但柯夏知道以邵鈞的脾氣肯定不能容忍自己被當的，他只好關了通訊，然後感覺到了一陣失落。

虧他還準備了那麼多的解釋的話，一想到他們還蜜月呢，鈞就能滿不在乎地去學校上學去了，一副完全不在意有沒有在他身邊的樣子……尊貴的皇帝陛下開始有些酸溜溜了。

完全不知道他的小王子又在犯公主病的邵鈞正在煩惱，那場太過盛大的星際婚禮的後遺症就是他回學校以後太過引人注目了，無論教室還是食堂，還是圖書館，只要他一走進去，立刻全場靜默下來，無數目光灼灼在他身上。

就連教授們也特別喜歡點他起來回答問題——有些他懂，有些他真的不太懂，他也就老老實實地說個思路，然後教授們疼愛地看著他，然後細緻地剖析了一番，還要反覆問他理解沒，不懂的下課還可以繼續找教授交流。

好在同學們對他雖然好奇卻非常友善，畢竟陛下的伴侶的身分在，沒有人敢冒犯他，而他的淡定自若的神態以及年輕的面容很快也讓人感覺到了親切。

很快班級學生助教找到了他：「你是邵鈞同學吧？我是安格爾，你今年的學時和學分還差很多，因此我給您發了郵件，但並不是故意要打擾您和陛下的蜜月，只是想讓您儘早知悉此事，及早採取措施和校方溝通，採取延期旁聽期之類的手段處理，很抱歉。」

邵鈞客氣笑道：「沒有，我們回來是陛下有緊急國事，多謝您的提醒。」

安格爾笑了：「今早看到新聞，陛下已經親赴納沙省，是為了礦工暴亂的事吧？哎真是辛苦您，辛苦陛下了。」

邵鈞搖了搖頭笑道：「國事為重，休假什麼時候都能度的。」

安格爾同情道：「之前你們還在翡翠星那邊度蜜月吧？新聞都有寫，還寫了親王殿下您救了一位溺水的女童。」

邵鈞仍然謙虛道：「都是普通人會做的事，只是正好我們在旁邊罷了。」

安格爾好感更甚，拿出一疊筆記道：「這是我列印整理好的筆記，可以有助於你更快跟上課堂進度，如果有什麼問題都可以問我，我可以聯繫教授為你解答。」

邵鈞接過來感謝，安格爾道：「對了，今天有和超新星軍校的聯誼，你放學後沒事，要不要一起去看看？」

邵鈞一怔：「超新星軍校？」將爆炸的恆星嗎？

安格爾笑了下：「就是那所新成立的軍奴的軍校，據說是陛下親自命名的，這次高校新生聯賽，他們的參賽代表全面碾壓了所有首都的大學新生。」

邵鈞更吃驚了：「帝國的大學新生竟然比不過他們？皇家軍校也比不過嗎？是什麼參賽項目？」

安格爾掩嘴笑了：「這次聯賽的參賽項目並沒有軍事化的項目，都是大眾的比如音樂、繪畫、舞蹈、體育項目、天網競技、模型大賽之類比較具有觀賞性的參賽項目，對於我們普通大學來說，只是一個展示才藝和學校特色的舞臺，但是聽說對於超新星軍校來說，這是一個難得地大大加積分的機會。積分到一定程度，有機會脫奴籍，所以他們簡直是拚命來比賽的。而且說是奴隸，其實很多原本就是貴族家庭，因為家裡被問罪才被沒入奴籍，原本就受過極好的貴族教育的。」

邵鈞若有所思，安格爾笑著看他：「可惜聯賽已經結束了，之後你可以上星網去看轉播，今天是最後的聯歡，帝都的大學作為東道主，一對一接待外省的大學參賽隊伍聯歡，還是挺有意思的，你如果下課沒什麼事的話，一起去看看吧？」

確實沒什麼事，柯夏不在的話，宮裡的事有花間琴，妥當周密得很，用不上他，還是應該去看看這所在柯夏力倡建立起來的專門讓奴隸有一條路的超新星軍校，說實在的他還挺好奇的。

安格爾非常高興，帶著他先去了聯誼的大廳，遠處角落的微服侍衛低低向通訊器通報：「殿下沒有事，他應該是下課後忘記開通訊器了，他和同學去參加聯誼了，是九州大學和超新星軍校的學生聯誼，需要和殿下通報說陛下有急事找他，請他開通訊器嗎？不用了？好的，那殿下出來後我會和殿下報告。」

大廳裡回蕩著柔和歡快的音樂，擺著喜氣洋洋的鮮花，已經或坐或站著許多年輕的學生，邵鈞一進去卻立刻感覺到了學生的氣氛不太對。

但他太過矚目了，一進去立刻吸引了無數的目光然後飛快地被簇擁著坐上了最尊貴的位子，旁邊是主持聯誼的學生會會長貝絲，一位有著漂亮的紅色頭髮的熱情美女。

她十分熱情地立刻給邵鈞倒了杯氣泡果酒，晶瑩剔透的粉紅果酒散發著迷人香氣，她笑道：「桃子氣泡果酒，酒精度數非常低，只是為了助興，絕對不會影響精神力，親王殿下只管放心。」

邵鈞接過酒杯，和對方碰杯後微微喝了幾口，發現口感——居然真的很不錯，微小的氣泡在口腔中炸開，和醇美清香的酒味混在一起，形成了非常美妙的味覺享受。

來到這個世界一直是機器人，他對所有的食物飲料都沒有直觀的感覺，而換了人的身體後，又被柯夏保護著，一直沒有嘗過酒的味道，而酒精會對精神力造成影響，柯夏是極少喝酒，更不會給他喝。

這點果酒應該沒什麼大事，邵鈞看著很快不斷來向他敬酒的學生——但是好像有點不太妙。

幸好一個聲音解救了他：「所以，這就是你們請來的高手了？」

邵鈞抬頭看到中央站著一個少年，眉目桀驁，看著他臉上全是譏誚，他和來參加聯誼的其他穿著禮服的學生也不一樣，穿著一身運動服。

貝絲善解人意笑道：「高羅同學不要冒失了，這位可是真正的貴人！」

那個少年已經大笑：「怎麼，學校也要搞這一套嗎？是你們自己說我們的成績都是被你們讓的，因為怕我們奴隸出身沒指望，說我們的成績都是其他學校的新生謙讓，說我們虛有其表，遇到真正的高手不堪一擊，嗯？說是要去請高手來，這不是你們請來的嗎？」

邵鈞眉毛高高挑起，轉頭看向安格爾，安格爾滿臉茫然，看到他茫然地搖了搖頭，貝絲道：「不是這位同學，他們還沒有來。」

高羅嚣張道：「去了很久，結果等來等去就這樣？都是孬種吧？不然這位『貴人』，你會什麼？你來比比看？」

邵鈞道：「比什麼？」他已經明白眼前這位應該就是超新星軍校的學生，他環視一眼，已經看出來了整個聯誼舞會會場，涇渭分明，一波是超新星軍校的，一波是九州大學的，兩邊全都面有敵意，顯然這場聯誼並不太愉快，不過是為了完成官方流程彼此容忍，多半還起了衝突。

這也是預料之中，九州大學的學生們，算得上是天之驕子，卻要和軍奴們同台競技，賽後還要聯誼，雖然面上要給皇帝面子，心裡多半還是充滿了歧視，這次比賽又被超新星的隊員拿了不少大獎，自然是很難融洽起來。

高羅道：「隨便你，你既然地位最高，你說比什麼我們就出什麼人來和你們比，讓你們看看到底是你們讓我們，還是只是你們這些弱者的遮羞布。」

貝絲臉色有些難堪：「這位是尊貴的……」

邵鈞打斷了她的說話：「你是參加什麼項目的？」

高羅傲慢道：「格鬥，你這樣的貴人自然是不能格鬥的，弄傷了你該不會還要我賠你們醫療艙費用，隨便你想比什麼，音樂、畫畫、甚至電子競技……」

邵鈞笑了下：「格鬥嗎……好，我和你比。」

眾人譁然，安格爾上前小聲勸阻，邵鈞卻笑道：「不是聯誼嗎？友誼第一，比賽第二，就點到為止嘛，放心，我不會對他怎麼樣的。」

高羅本來還有些愕然，聽到邵鈞最後這句話卻笑了：「好！我倒要看看你能把我怎麼樣！」

舞廳中央的場地很快被清了出來，密密麻麻圍上了人。

邵鈞將杯中果酒一飲而盡，感覺到酒彷彿點燃了自己的血液，以及荷爾蒙他非常順其自然地迎合了自己年輕的荷爾蒙，感覺到了久違的屬於年輕人才有的激情，隨手將襯衫挽了下袖子：「衣服還好，就這麼來吧。」

遠處的角落裡，伽爾冷眼看著場地中的人，一個學生非常緊張問他：「不去勸阻高羅嗎？這個看著真的有點像是貴人，你看那幫貴族學生們臉上幸災樂禍的樣子，我們到底還算是奴隸身分，真的傷了貴族，那是死罪。」

伽爾嘴角含著譏誚的笑容：「沒事，我認識那人，高羅打不過他。」

「……不會吧？」他身側超新星的學生匪夷所思看著邵鈞那白瓷一樣的肌膚，和那些貴人一樣，顯然沒有吃過什麼苦，這嬌貴的身體不會上場就受傷吧，高羅可是這屆新生格鬥的冠軍！

伽爾淡淡道：「放心吧，也該讓高羅吃點教訓了，總是這麼魯莽地惹是生非。而且那人身邊必然有護衛，只是我們看不到而已，鬧不出什麼大事。」

話音未落，那圈人群裡頭已經哄堂大笑起來，原來沒幾個回合高羅就已經被邵鈞一個過肩摔摔倒了地上，壓倒在了地板，笑著道：「太弱了。」比皇帝陛下的近衛們都差遠了，看來能夠好好活動身手的期望要落空，都好久沒有人陪他動手了。

他有些遺憾放鬆了壓制，站起來，憤怒的高羅從地上跳了起來，再次向他撲了過來。

場中發出了一陣陣的笑聲，邵鈞喝了酒興致頗高，基本就像教練指導的對抗訓練一樣，有時候捏住他的手腕說準頭低了，有時候踢開他的腿說底部不穩。

高羅臉色通紅，他本來年紀就小，這下被刺激得眼睛都溼潤了，怒氣灼灼一次又一次地撲向邵鈞，最終卻引來的是九州大學的學生們更大聲的嘲笑，超新星的參賽隊員們已經開始面有怒色。

邵鈞心裡想著應該行了，一隻手按住了那小老虎一樣的少年再次衝過來的手臂，笑著道：「好了……」

「還請親王殿下高抬貴手，寬恕高羅的無禮，他還年紀小。」一個聲音在人群中響起。

邵鈞抬頭，看到了一個熟人，墨綠色眼睛似笑非笑，卻是伽爾，詫異道：「你是新生？」

如此準確地戳中了伽爾的軟肋，伽爾沒好氣道：「謝謝，我的確是超新星軍校一年級新生，這次參賽隊員的學生領隊。」他們這批人被登記後全部被送到了超新星軍校內作為新生，這也是為了他們得到一個新的身分，為了老師他不得不捏著鼻子認了。

邵鈞笑了：「路亞怎麼樣了？」他鬆開了高羅的手，慢條斯理整理自己的襯衫。

伽爾神色有些複雜：「前幾天去看過他，病情已經得到控制了。」雖然滿腹不爽，他還是勉強說了句：「謝謝你。」

貝絲上前笑道：「原來親王殿下和伽爾認識？」

伽爾神情冷漠：「以前見過。」高羅一旁問道：「什麼親王？

伽爾轉頭：「皇帝陛下的伴侶，邵鈞親王。」

高羅滿臉被雷劈下的場景，卻已經轉過彎來，怒視貝絲：「你們故意的吧！一定是故意的！就等著他打傷對方吧？

貝絲彷若不覺只是笑著介紹：「超新星軍校這個名字還是陛下親自取的名字呢。」

高羅怒吼：「要爆炸毀滅的恆星！起這種不祥之名，像監獄一樣管制的學校，難道還想要我們感恩戴德嗎？」格鬥被對方壓得死死的，又被九州大學的人嘲笑，他心裡的戾氣無論如何壓制不下，憤怒的話脫口而出。

伽爾眉毛微抬，伸手按了按他的肩膀，臉色也微微變了，看向邵鈞：「軍校本來就是管制嚴厲，年輕人不懂事，殿下包涵。」

邵鈞看向高羅，卻很是認真道：「萬物都有消亡的一刻，即便是已經存在億萬年的恆星，也總有滅亡的時候，那麼是在消亡之前爆發出千萬年都沒有消失的絢爛強光，還是和那些宇宙中的塵埃一般，靜悄悄地生，輕悄悄地死呢？」

高羅啞然，邵鈞看向他：「去看看那些瑰美壯麗的星雲，或許你會有答案，陛下縱橫星海多年，以在他宇宙生涯中見過最美的東西來給你們學校命名，我想他的寓意並不在毀滅，而是在於瑰麗壯觀的生命過程。」

伽爾忽然笑了：「殿下說得很對，久別重逢，我們超新星軍校的參賽隊員，可有這個榮幸請殿下喝一杯？」

邵鈞笑了：「久別重逢，我也想知道路亞先生的近況。」

伽爾伸手請邵鈞，很快超新星軍校的學生們湧了上來，將邵鈞簇擁到了上座。九州大學們的學生們面面相覷，而角落裡的微服侍衛又鬆了一大口氣，低聲報告：「殿下沒有事，是和對方格鬥了幾個回合，對的，對方不知道是殿下，只是聯誼上的切磋。我看殿下遊刃有餘，還伸手阻止了我們上前，就沒敢上前打擾，沒有事，殿下精神看上去很好，也沒有受傷。是，還在聯誼，似乎是遇上了認識的同學，殿下挺高興的樣子，需要上前報告陛下找他嗎？不用？好的，好的，那等殿下結束聯誼後我們會再報告。」

納沙省，面沉似水的柯夏將通訊掛斷，看了眼時間，臉色更有些不好看了，花間酒低聲道：「要不要我和小琴說，請她派人去接殿下回來，時間也不早了，殿下精神力不穩，本來就需要多休息。」

柯夏搖了搖頭：「他開心就行了，才離開一天，就對他拘束過多，他會不高興的，晚一點不要緊。」

花間酒表面應了是，卻暗自腹誹：話是這麼說沒錯，問題是陛下你能別擰著眉了好嗎？你臉上的表情明明就是恨不得立刻飛回去把親王給帶回去鎖上好吧？呵呵噠，這下後悔了吧？誰叫他捨不得帶親王過來，結果出來了又坐立難安一天打幾個通訊，嘖。

直到深夜，柯夏才打通了邵鈞的通訊終端，他已經在寢殿裡了，接通影片電話的時候正坐在臥室沙發上在解襯衫扣子：「對不起，今天上課後就忘記打開通訊終端了，實在抱歉。你那邊如何了？」

柯夏道：「我這邊沒什麼大事，報告我看過了，據說他們揭發總督一直剋扣能源，其實帝國哪裡都一樣，說是能源國有，其實地方偷偷截留能源的多得很了，這邊審一審，很快就能解決。就是擔心你，聽說你今天和人動手了？」

邵鈞看向他：「小事情，小朋友而已，教訓教訓就好了，今天碰到伽爾了，聽說你給他們請了最好的聯盟醫生過來會診，他讓我和你道謝……」邵鈞說話的聲音開始有些含糊，他靠在沙發靠背上，將襯衫扣子又解開了一顆，鬆了鬆領子，呼叫中控系統將室內溫度調低一些。

柯夏終於發現了不對：「你……喝酒了？」

柔和的暖光照下邵鈞的臉、脖子、耳朵都呈現出了一層粉色，尤其是眼角也是粉紅的，眼睛已經明顯有些渙散，邵鈞看向柯夏笑道：「沒事，就是果酒，喝著跟飲料一樣，和伽爾說話的時候不知不覺喝多了些，沒想到這具身體的酒量好像很差……」

他唇齒已經開始有些纏綿，眼皮也有些抬不起來，但他似乎還沒有意識到他還是低估了這具身體對酒精的敏感度：「不過也還好，就是有點上頭，休息一會兒就好了，你放心……我有點睏……先睡一會兒。」

他靠在柔軟的沙發上，最後幾句話已經輕得聽不見，長長的睫毛垂下來，幾乎瞬間就睡著了，柔和的燈光給他透著粉色的肌膚鍍上了一層如玉的光輝，因為熱大敞開的衣領更是露出了大片的肌膚，上邊還有著一層薄汗，應該是真的熱。

柯夏額角青筋跳了出來，才離開了一天，他的鈞寶寶就喝酒、打架、深夜才回家！

他要回城！！！

「對答交談如同外交辭令，穩妥圓滑，沉穩得不像個未滿二十的學生。」

「打新生賽格鬥冠軍很輕鬆，應該接受過長期嚴格的格鬥訓練。」

「機甲整備更側重在實際操作，在理論上非常薄弱，應該接受過非常高明的機甲大師的指點。」

「基本是憑空出現在帝國，極有可能是陛下從聯盟帶回來的年輕的伴侶，被保護得非常好。」

「和超新星軍校的伽爾認識，伽爾——大名鼎鼎的熾天使的高徒，因為盜了皇帝的能源被一網打盡，全扔進了軍奴軍校，這次來作為新生參加電腦程式設計大賽簡直就是碾壓菜鳥，慘不忍睹。」

一位氣質沉穩，書卷氣很濃的男子往後靠了靠，意態悠然：「看來能得到皇帝陛下認可，並且舉辦了這樣盛大婚禮的人，的確不可能會是個簡單的學生啊。」

「把縱橫星海生涯中見過的最美麗的東西來命名，不是意蘊毀滅，而是意蘊著絢爛壯麗的生命過程嗎？」

男子灰藍色的眼眸瞇了瞇：「讓我想起一句詩來，生如夏花之絢爛，死如秋葉之靜美，倒是有異曲同工之妙，不過這可未必是那個在屍山血海中走過來，仍然純潔光明如同潔白無垢光之子，虛偽的皇帝的意圖。」

「哪怕是毀滅，也要極盡全力地破壞掉一切，我倒覺得這才是那位尊貴的陛下的真實內心呢。」

他靠回了靠背椅上，饒有興致道：「有意思——不是平凡的人，才更有意思了。」

安格爾囁嚅道：「怎麼辦老師，親王這次會懷疑我們吧？」他身旁還站著貝絲，兩人臉上都有些不安。

男子搖頭：「想多了，就是這種一見就明明白白把你們的小心思擺在臉上的愚蠢行動，反而顯得出就是你們學生才能想出來的計策，一國親王，不會在這上頭和學生計較這些的。」

貝絲低聲道：「他若是問罪下來，我們是連學都上不成的。」

男子輕笑了聲：「別擔心，有老師兜著呢，他如果問罪下來你們就說我指使的就好了，不過放心，一定什麼事都沒有。不過是為了給自己學校出口氣，借借他的勢力罷了，貴族們是不會在意這些的，畢竟他們引以為傲的貴族的矜持和高傲，會阻止他們和我們這樣的平民計較的。」

安格爾崇拜看向他：「那下一步呢？我應該怎麼面對他？」

男子道：「該怎麼做就怎麼做，和他說我這裡有『夢魘』的機甲，可以邀請他來一起看看。」

安格爾眼睛一亮：「是那個大名鼎鼎的開國並肩王李雲用過的機甲嗎？我真的也能看看？」

男子笑道：「不錯，你只需要將他帶過來看機甲就好了，凡是學習熱愛機甲的，沒有人會不想看看這具傳奇中的機甲。」

貝絲卻仍有疑慮：「老師不會對親王怎麼樣吧？」

男子失笑：「在想什麼呢？他身旁隨時隨地都有無數人在隱藏著保護，更何況他自己的武力值，你們也看到了，我能對他怎麼樣？放心，老師不會害你們，我只是在做我們應該做的事罷了，藉機推動君主立憲制，先交好這位深受皇帝寵愛的伴侶，對我們將來的謀劃非常有幫助。」

安格爾和貝絲微微鞠躬：「老師志懷高遠。」

「夢魘獸機甲？」

邵鈞抬眼看向安格爾，漆黑的眼睛裡彷彿真的一絲懷疑都沒有，安格爾對著這清澈的目光卻有些心虛，囁嚅道：「是，那天晚上對不起了，我也不知道學生會那些人的惡作劇，估計是看不下超新星軍校那些人贏，所以就想借殿下您的手……」

邵鈞笑道：「沒什麼的，你的筆記做得很好，謝謝你，那些小事我沒有放在心上的。」

安格爾卻道：「但是我還是挺內疚的，我知道你喜歡機甲，正好我知道就是我們學院的一位老師，個人珍藏裡有這個珍貴的機甲，傳說中金鳶帝國開國並肩王李雲用過的機甲，就和他說了下希望能讓我們去看看，他同意了。」

邵鈞的確很好奇，他在柯冀那個老瘋子的幻境裡見過那具夢魘獸，卻不能肯定那個到底是柯冀真的見過，還是只是幻想。他笑著對安格爾道：「那謝謝你了。」

安格爾看他坦蕩爽朗的性格，心下微微內疚：「沒什麼，明天就是週末沒有課，我和阿爾達老師約好了去他的機甲收藏倉庫參觀，到時候我給您地址，我們在門口會合後一起進去。」

邵鈞確定柯夏依然還沒有回來那麼快，點了點頭：「好吧。」他乾脆俐落地應了。

這天下課後邵鈞按時回家，花間琴鬆了一口氣，對他道：「殿下，陛下說了，如果您再喝一口酒，就全是屬下的錯。」

邵鈞道：「他又聯繫妳了？這麼閒？」

花間琴道：「陛下說今天又有些新情況，已經開始談判了——殿下，您可別忘了，您的精神力還沒有完全恢復！求您千萬別沾酒了。」

邵鈞笑道：「好的，妳替我去查一下，帝國開國並肩王李雲，當年用過的機甲夢魘，現在在哪裡，另外還有機甲學院一位叫阿爾達的教授，也麻煩幫我查一下，我今晚就要。」

花間琴連忙記下安排任務去了。

邵鈞則撥通了柯夏的通訊終端。

遠在納沙省的柯夏原本正在看報告，卻看著時間應該邵鈞已經下課了，正心神不寧中，忽然接到通訊請求，喜悅之時卻又想起一事，連忙先推開窗子，然後站到了窗邊，確保夕陽正好斜照在他的臉上，這才接通了通訊。

邵鈞看到他笑道：「今天還順利嗎？」

柯夏道：「對方正在獅子開大口，我正在部署行動，等把那頭蠢貨總督救回來，就好給他們一網打盡了。但對方占據了能源礦坑內，考慮到這裡的金錫能源占帝國產量幾乎四分之一，我們還不好直接採取太大的軍事行動，以免影響到礦山的下一步採集，整個帝國的能源供應都要受到影響，包括經濟，不過我現在懷疑有外部勢力在支援他們，暴民不像能策劃出這樣縝密的行動，也不像有如此膽量，即便是皇帝陛下親臨，他們也還有這樣的勇氣不投降，和皇家談條件。」

他眉目飛揚侃侃而談，整個人自信非凡，英俊的面容在夕陽中熠熠生輝，深度顏控邵鈞果然臉上表情立刻就柔和了下來，只盯著他的臉笑：「不著急，慢慢來。」

柯夏幽怨道：「我急得很，恨不得立刻處理完這裡的事立刻回去，好好看著你，省得你今天和這個打架明天和那個喝酒的。」

邵鈞忍不住就笑：「胡說什麼，我也就參加了一次聯誼，也就是這身體有點酒精敏感了。」

柯夏酸溜溜道：「我直接讓花間琴通知教育署，立刻讓大學生們都滾回去，不然那個伽爾還不知道還要找你喝多少次酒，你的精神力不穩，你還記得嗎？」他理直氣壯地質問邵鈞，他現在可是合法伴侶了！合法的！全世界，不，全宇宙都見證過的，他管伴侶喝酒天經地義！更何況嚴格說來邵鈞還未成年呢。

邵鈞道：「你也太兒戲了，皇帝陛下，人家轟轟烈烈的大學新生聯賽，就被你草草收尾了？」

柯夏道：「當然有正經藉口，就說北邊納沙有叛亂，因此隨時可能有軍事行動，各大軍校都立刻進入戰備狀態。」

邵鈞看著他家的皇帝陛下這理直氣壯的樣子，實在又氣又笑：「算你厲害，我明天要去一個教授家裡看機甲，據說是李雲的機甲，夢魘，先和你報備。」

柯夏得寸進尺趁機提要求：「不能喝酒，不能在外過夜，帶足人手，防護錶要帶上。」

邵鈞一口答應道：「好。」

柯夏這才微微放了點心：「夢魘那具機甲，傳說能夠進行精神力攻擊，原理不明，但是據說很多機甲師看過也看不出原理。之後其他人用那台機甲似乎也和其他機甲是一樣的功能，而且因為太老舊了，用的能源還是核能，載入的武器也遠遠不如發展到今天的機甲。機甲專家們普遍認為所謂的精神力攻擊只是因為他屢戰屢勝，他的對手們為了規避自己失敗的責任，將他的攻擊力神話了而已，數百年前的機甲了，不太可能具有精神力攻擊的功能，也只是名頭太響而已，去看看也就罷了。我們已經掌握了最新的生物機甲了，不過如果你喜歡，也可以和那個教授說買下來好了，需要多少錢找小琴就好。」

邵鈞笑道：「好。」

柯夏藍眸閃動著：「不要太勞神了，一定要牢記著羅丹先生他們說的，務必愉悅靜心，有什麼事一律交給花間琴去辦，更不許再隨意和人動手了，你知道我聽到報說你和學生格鬥有多擔心嗎？你上次只是騎個馬就出了事！」

邵鈞被英俊迷人的愛人不斷質問，只能節節敗退：「好吧都是我的錯，但是我現在感覺真的還好，每天晚上睡得都很好，看書的時候也可以很專注，你放心。」

柯夏鬆了口氣，但邵鈞卻問道：「但是我昨天去你的書房找一本書，發現機器人你又帶走了？」

被發現了！柯夏表情僵硬，邵鈞揶揄道：「陛下，不要又在機器人身上做什麼奇怪的事哦。」

柯夏背心冒出了一層汗，也沒注意為什麼邵鈞說又，只控制著肌肉在臉上保持著完美笑容：「放心，我就是覺得好像是你還陪著我一樣……」他深情的藍眸盯著邵鈞，希望儘快讓邵鈞忘掉這事，畢竟帶機器人出去都不帶邵鈞過來，如果邵鈞多心敏感點，認為他是嫌棄他人的身體太過脆弱，那可真是件大事了。

好在邵鈞一貫的感情粗線條，暴亂在其他帝王可能是個很重大的考驗，但對於領軍多年，勝戰無數的柯夏可不是什麼難事，不帶他也不是多大的事。他只是覺得柯夏已經是個成熟的大人了，還像個小孩子一樣的玩娃娃，實在有些幼稚，但倒也沒多想，只是點了點頭道：「隨便你吧，小心點，讓風先生他們幫你查一查聯盟那邊有沒有什麼勢力介入了，還有你現在身分不同了，不要再自己親自參戰了。」

柯夏也笑著應了，又完全捨不得掛，只是看著邵鈞，目光專注，邵鈞卻非常沒有情趣地道：「沒什麼事那我掛了。」

柯夏：「好的……」

啪，對面果然毫不留情地掛斷了，柯夏暗自嘆氣，卻也知道自己的愛人歷來就是這樣，只能惋惜地砸了咂嘴，想起昨夜邵鈞那醉後的迷人樣子，不由轉頭看了下床上，那裡機器人邵鈞正靜靜躺在裡頭，邵鈞剛才的告誡還在耳邊，他心虛地眨了眨眼睛，過去拿起被子將機器人鈞好好地蓋好。

他長長噓了一口氣，非常不甘心地想起自己明明還在蜜月，蜜月期！新婚期！他！一國帝王，至高無上，竟然不能和自己的伴侶好好度過一個完整的蜜月！只能帶著等身機器人撫慰自己孤獨的心靈，皇帝陛下帶著心疼自己的心情繼續他沒有開完的會議：

「要見我？」

柯夏有些不可思議：「竟然膽大包天到想見我？誰給他們的膽子。」

負責談判的官員道：「畢竟陛下已經御駕親臨，他們大概覺得直接和您說更有把握。」

柯夏笑了下：「為了保住四分之一的帝國能源嗎？我可從來不接受威脅，他們沒打聽過嗎？視訊會議都太給他們面子了，還要我親臨？」

官員滴著汗，他們再瞭解不過眼前這位年輕皇帝的強硬了，但他們仍然道：「大部分的談判協定都談好了，如果陛下能親臨談判會場，那確實可能會極大地推進談判進程，畢竟他們同意陛下帶五百名近衛軍護衛，只要在談判會場上再選好位址，陛下的安全應該是可以得到保證的。」

柯夏想了下道：「我再看看。」本來他是不太擔心的，但想到邵鈞的提醒，還是微微有些心虛。

「夢魘機甲離現在已經一千多年了，這個機甲一開始是在皇家的，但後來被拍賣了出去，先後輾轉數個機甲收藏家之手，後來又有數百年沒出現在市面上了，當然有不少人根據當初的歷史影片資料複刻過夢魘，但因為樣式、功能都實在太古老了，收藏家基本也不太有興趣了。」

「因此被某個收藏家輾轉低調購入是有可能的，至少現在在市場上暫時查不到所有人。」

「機甲系阿爾達教授風評非常好，去聯盟留學過，已經被九州大學聘請為終身教授，對學生非常耐心，主要執教機甲能源專業，很多學生喜歡選他的課，他專業很強，脾氣又好。出身平民，在議會下院擔任議員，提過不少教育方面、民生方面的議案，在議會中頗有號召力。」

邵鈞目光落在了下院議員的資料上，那裡有著他擔任議員期間提出的所有議案。

花間琴道：「作為一名薪金水準一般的教師，他能夠收藏夢魘是頗為奇怪，但是考慮到一是這位教授其實出身富商家庭，二是夢魘作為這麼久的古董機甲，大概有可能是祖上傳下來的。」

邵鈞默默翻了一會兒，花間琴道：「需要安排人陪同您進去嗎？」

邵鈞搖了搖頭，花間琴道：「要到了。殿下有什麼可以隨時按通訊器，我們會立刻趕到。」

邵鈞抬眼果然看到了安格爾站在郵箱前看向他們那豪華雕著皇家徽章的飛梭，他下了飛梭，安格爾迎下來，笑著道：「殿下非常準時，阿爾達老師已經在家裡等著了。」

他引著他向前走到一幢漂亮的莊園內，這幢莊園占地面積非常廣闊，但地方偏僻，屬於機甲收藏家喜歡選取的收藏地點。一位灰藍色眼睛的教授走了出來，他看上去也不過是三四十歲年紀，漆黑長髮整齊紮在腦後，面目清秀，整個人充滿了書卷氣，他看到邵鈞微笑道：「親王殿下蒞臨寒舍，真是不勝榮幸。」

邵鈞微微一笑：「多謝阿爾達教授的慷慨。」阿爾達深深看他一眼，年輕得過分的親王殿下，今天穿著一件條紋休閒襯衣，袖子捲到手肘處，手腕上扣著個薄而精美的金屬錶，淺色粗布褲，套著長靴，雖然每一顆扣子都體現出帝國貴族那種細節講究，但整體低調得完全不像個皇族，尤其還是一人之下萬人之上的王夫。

他有著夜色一般的黑髮和黑眼睛，並不屬於帝國聯盟目前的審美主流長相，但只有接觸到他，親耳聽到他說話，看到他挺拔的腰身和從容走路的姿態，才能真切感覺到這個人從內而外體現出來從容冷靜的氣質，這個人的內心，非常強大，而且他的自信和鎮定，不是來源於他的配偶，而是他自己的強大。

阿爾達在心裡默默下了個結論，伸手請他進去，莊園裡非常安靜，大量的木質建築和極為清幽的庭院裡種著不少桃花。

邵鈞目光落在那些粉色桃花上，若有所思，阿爾達笑著問他：「安格爾一直說想看，我之前沒空，前幾天安格爾說親王殿下也有興趣，我正好有些時間，就連忙安排了。」

邵鈞道：「帝國開國王李雲，傳奇故事很多，他的機甲，自然是對機甲有興趣的人都會想看一眼的，我好奇的是傳說夢魘有精神力攻擊的能力，不知道是不是真的？」

阿爾達道：「應該只是傳說，這具機甲到我手裡，我花了好幾年拆出來看過了又裝了回去，從理論上說，沒有精神力攻擊的能力。」他們一路穿過了回廊，阿爾達按開了一個按鈕，一具漆黑色機身的夢魘機甲出現在了眾人眼前。

安格爾大叫了一聲，衝上前去，非常興奮地站在機甲下激動道：「真的和史料影片上顯示的一模一樣！好帥！」

邵鈞盯著那具夢魘機甲，之前在柯冀的幻境裡一掃而過，自己在幻境裡又是作為駕駛者，只是模模糊糊有個印象是一個漆黑的野獸機身，如今仔細看到那熟悉的龍首鹿身牛尾馬蹄，他喃喃道：「麒麟啊。」傳說中的仁獸是怎麼變成了人們的夢魘的？只是因為擁有著令人畏懼的力量嗎？

他有些百感交集。

阿爾達轉頭看向他，頗為好奇：「親王在說什麼？」

邵鈞搖了搖頭，仔細打量著這具機甲，比起其他巨大機甲，這具機甲算得上體型較小，又是獸型，通體漆黑的機身彷彿會吸光一般，應該經過非常精心良好的保養，每一處都乾淨光亮。

阿爾達道：「這具機甲的優勢就是在快，超級快的速度以及輔助的幻象製造工具會讓它看上去彷彿能夠製造出無數分身，從而迷惑敵人，讓敵人彷彿在噩夢之間一般，所以才被命名為夢魘，當然現在機甲大多已經能識別這種幻象。這具機甲開始設計的時候採取的是核能，但到我手裡的時候，我將他改裝成為了使用金錫能源，理論上他現在應該更快了。可惜他也不再有機會上戰場一展優勢了。」

阿爾達按開了通往內部機身的門，示意請他們進去，安格爾道：「雖然有些可惜，但是沒有戰爭才是大家最嚮往的啊。」

邵鈞一笑，阿爾達道：「但是堅船利炮，才能護衛國家呢。」

三人進入機身內，安格爾喟嘆道：「原來這麼小，也這麼普通。」

阿爾達介紹：「這一代的機甲才剛剛開始使用神經元聯結，對人的身體負擔非常大，而這具機甲以超音速的速度來戰鬥，更對精神力和身體都有著極為強悍的要求——你們想要試駕一下嗎？」

安格爾遺憾道：「啊好想試駕一下啊，可惜我的精神力遠遠不能駕馭機甲。」學機甲整備的學生，大部分都是要麼家傳，要麼貴族豢養的機甲整備師，要麼就是非常喜歡機甲，精神力卻遠遠不能勝任駕馭機甲，只能退而求其次，改學機甲整備，也算能密切接觸到機甲。

阿爾達看向邵鈞：「親王殿下呢？」

邵鈞目光落在了那手動鍵盤上，阿爾達笑道：「這具機甲手動操作是無法體會到他的精髓的，快，快到敵人只看到他的幻影，猶如夢魘。親王殿下如果想要試駕，我將安格爾帶出去好了，高精神力者駕馭機甲的時候是不願意有人在內的。」

邵鈞還沒有真正用精神力駕馭過機甲，一具傳奇的機甲在他眼前，說沒有誘惑是不可能的。但是他還是搖了搖頭：「不了，我最近精神力有些不適，正在接受治療，就不試了。」如果沒有柯夏，他是不怕冒險的，但想起遠方那個天天緊迫盯人隨時通訊的陛下，他還是為愛乖乖的做個好孩子了。

阿爾達眼睛裡掠過了一絲意外，但還是笑了：「好吧，那就手動操縱一下給你們試試看吧。」他按開了機甲的主控能源，能源嗡的一聲啟動了，夢魘獸的目光亮起，主控臺上的 AI 控制面板亮起，一個純黑色的麒麟獸立體影像颼地一下出現在了主控台上空，軟軟地伸長雙足，打了個長長的呵欠。

好萌！安格爾雙眼發亮看著那個小麒麟：「好可愛啊！」

麒麟睜開眼睛看到他們，忽然驚喜萬分竄到了邵鈞身旁繞著歡足跑著：「主人！主人你回來了！麒麟等了你好久啊！還以為主人不要麒麟了呢！」

主人？安格爾和阿爾達都有些意外看向了邵鈞，邵鈞垂眸盯著那個麒麟，忽然笑了：「我不是你的主人，你認錯人了。」

麒麟歪了歪頭，轉了幾圈，漆黑的眼珠凝視著他，清澈又專注：「不！我認識主人的靈魂，您就是我的主人！我不會認錯！主人，請讓我為您服務！」

安格爾咯咯笑了：「看來從前的機甲主控智慧也不太靠譜啊，主人都識別錯誤。」

麒麟生氣看向安格爾，張開嘴嗷嗚！吐出了一團漆黑的火來，把安格爾嚇了一跳，麒麟怒道：「我不會認錯主人！瞳孔識別是一致的！」

麒麟又看了眼邵鈞，委屈巴拉地轉了幾圈：「主人不要我了嗎？」

邵鈞笑了下，伸出手掌，麒麟乖巧地臥倒在他的掌心，蹭著他的手心。

邵鈞卻忽然問它：「夢魘一切功能正常嗎？」

麒麟精神一振，騰雲起來在空中立好：「一切正常，主人要操縱機甲開始戰鬥嗎？麒麟已經準備好啦！」

邵鈞卻問了一個非常奇怪的問題：「可以進行精神力攻擊嗎？」

麒麟微微轉了一圈：「抱歉主人，夢魘做不到。」

邵鈞笑了，身後輕輕摸了下麒麟：「回去吧，有需要再召喚你。」

麒麟萌萌地嗯了一聲，消失回了主控台內。

安格爾長大了嘴巴，頗為興奮：「真的沒有出錯嗎？」

邵鈞看了眼阿爾達：「這就要問老師了。」

阿爾達臉上神情頗為複雜，操縱著機甲門，先帶著他們下了機甲，然後道：「親王殿下，是否有時間到我書房聊一下？我希望能單獨和您聊一下。」

安格爾意會，連忙道：「正好我還有事，就先告退了，感謝教授今天給我這個機會近距離接觸夢魘，非常感謝！」他鞠了個躬，然後飛快地離開了。

阿爾達看著臉上依然頗為平靜的邵鈞，伸手引導道：「請親王殿下這邊走。」

邵鈞從容邁步而行，阿爾達一邊引路一邊終於忍不住笑了：「殿下真的沉穩得不像是一個未滿二十的學生。」

邵鈞轉眸看他：「教授為什麼這麼說？」

阿爾達嘆道：「親王殿下知道李雲的故事吧？」

邵鈞微微頷首：「略有耳聞。」

阿爾達道：「李雲作為開國並肩王，功績彪炳，最後卻被親如兄弟的帝國皇帝以謀反罪名給殺了，與此同時他的全族也被殺盡，但他卻有一個養子活了下來。」

他轉頭看向了邵鈞：「就是我的祖先。」

他推開了他的書房，請邵鈞坐下，一邊替他倒茶，邵鈞坐在那兒，臉上也並沒有什麼詫異，一雙漆黑的眼睛看向他，阿爾達又笑了：「李氏家族有一個古老的傳說，精神力足夠高的話，可以轉世重生，因此我們家族一直在尋找著李雲的轉世，數天前你第一次作為皇帝的伴侶出現在公眾面前之時，就引起了我們整個族人的注意。」

邵鈞看向他：「為什麼？」

阿爾達道：「所有人都知道李雲謀反是個冤案，即便是柯氏皇室，也心知肚明。李雲是一位少有的高精神力者，他在臨死之前，給背叛他的皇帝用精神力下了詛咒，詛咒皇室每一代坐在皇位上的，都不得好死。」

阿爾達含笑道：「你應該也略有耳聞，柯氏十幾代皇帝，的確沒有得到善終的，非病即瘋，大部分精神崩潰生不如死，柯氏有瘋病基因的傳說也廣為流傳，但其實並不是，那是李雲的精神暗示。」

他深深看向邵鈞：「上一任皇帝柯樺，他選擇了宗教，但據我所知他同樣精神力也出現了問題，後來他飛速地將皇位讓給了如今的柯夏陛下，然後從來沒有出現在任何公眾視野裡的你，就忽然作為皇帝的伴侶，憑空出現了。」

「黑髮，黑眼。」

「帝國這麼多年，一直放任複製人實驗室的猖獗，但種種跡象表明，皇室一直也在祕密進行人體實驗，而柯夏登基後，卻忽然出手取締了所有非法人體實驗室，禁止人體實驗。」

「還有憑空出現的你，有著強悍的運動格鬥能力——剛剛滿十八歲的你。」

「我們第一次看到你的黑髮黑眼，就起了疑心，皇室，極有可能扣下了李雲的基因資訊，在不斷的做實驗，為了解除這個深深根植在每一代皇帝精神力裡的精神暗示，柯夏大帝，在聯盟多年，回到帝國登基，怎麼會忽然娶一個憑空出現的十八歲學生？因為你就是李雲的轉世，你擁有著靈魂的精神力，你是他破除詛咒的解藥。」

「所以我出面吸引了你過來，只為了證實，麒麟同樣也認出了你，雖然我不知道帝國皇室用了什麼辦法，但毫無疑問你就是李雲。」

阿爾達深深望向神情仍然平靜的邵鈞：「麒麟不會認錯人——你認識它，是嗎？你剛才也叫出了麒麟的名字，外人只知道這是夢魘，你還擁有李雲的記憶嗎？」

邵鈞微笑了：「故事講得很好，可惜你弄錯了，我不是李雲的什麼轉世，你們認錯人了。」

阿爾達卻忽然單膝跪下，漆黑的長髮垂下，他低頭吻他的膝蓋：「我們全族都等待著你的回歸，將李氏重返榮耀，洗雪我們上千年的冤屈，你承認不承認，記不記得都不重要，如今你就是我們李氏一族的帶領者，如有驅使，我們全族上下，都能為你效死。」

邵鈞垂眸看他，眼神一絲波動都沒有。

書房的中控系統忽然警報聲大作：「莊園被不明武裝飛行器包圍，注意！莊園被不明武裝飛行器包圍，注意！已自動啟動三級防禦罩，請即刻採取有效措施。」

阿爾達愕然抬頭看向邵鈞，邵鈞也正俯視著他，神情如冰似雪，澄澈清冷，彷彿洞察一切。

那根本不是一個十八歲少年的眼神。

阿爾達脫口而出：「為什麼？」

邵鈞笑了下：「整個情節設計得很完美，的確毫無破綻，如果我真的是一個十八歲懵懂無知的基因改造人的話。」

阿爾達看向他不可思議，邵鈞道：「被一個傳奇機甲的中控系統忽然叫自己主人，然後憑空給你平凡的人生忽然套上了一個傳奇英雄靈魂轉世的悲情命運，再就是一整個家族財力、人力的無條件效忠，忠誠地跪在足下，告訴你有人守候你千年，等待你歸來。」

「如果只是一個普通的學生，或者一個在實驗室裡改造成功的基因人，知道這件如同傳奇英雄小說一樣的開頭，只會激動萬分。哪怕只是將信將疑，對你至少也是有好感的。」

阿爾達保持著單膝跪下的虔誠姿態，看向他，神情悲憫：「所以呢？你為什麼不相信我？那是真的故事。」

因為這具身體就是自己親手按原來的身體設計出來的，他一直知道自己從何處來，有完整的人生記憶，可不是那什麼倒楣催的李雲。從通知自己上課時數不夠開始，這整條線就已經開始發動，環環相扣，為的不過是取得皇帝身邊朝夕相處的伴侶的信任和好感。那什麼麒麟的中控系統，給古雷他們分分鐘能做一百個出來，想讓他叫誰主人就叫誰主人。

邵鈞微微一笑：「你猜呢？」中二漫畫看多的學生，大概會信吧。

他低下頭看著他道：「麒麟是有精神力攻擊的，因為李氏的祕術是瞳術，透過麒麟機甲的精神網放大，攻擊敵人，為什麼其他駕駛員無法駕駛麒麟施展精神力攻擊，那是因為瞳術本來就是李雲一個人會的祕術，並不是機甲獨有的功能。」

阿爾達灰藍色的瞳孔劇烈收縮，邵鈞淡淡道：「養子的話，看來你應該也沒有學會瞳術。」

他看著阿爾達變得蒼白的臉，笑了：「我猜對了？」

阿爾達瞪著他，如見鬼魅：「你到底是什麼人？」

邵鈞嘆道：「李雲會瞳術的事，作為他的好朋友柯氏，自然是知道的。」他也是從柯冀的幻境中知道的。

阿爾達站了起來，微微退後一步，外面已經傳來了近衛軍們特有的皮靴的聲音，但仍然只是克制地圍在了書房外。

阿爾達凝視著邵鈞，忽然一笑：「雖然一開始的確是想要騙你，但我現在懷疑，你真的就是李雲的轉世了。」

「李雲的一切都是真的，我們這個家族也一直是李雲養子的後人，一直潛伏著等待李氏重新大放光輝的一天，而我們開始的想法是，如果你只是一個懵懂無知的十八歲少年，我們會利用你，扶持你，為李雲洗雪千年冤屈。」

他整理了一下因為下跪而微微有些淩亂的衣服，整個人氣質從之前那種溫和變成了凜然鋒利，他看向了邵鈞：「但是現在計畫其實是可以有一點小小的變動的，你是一個強者，你的敏銳、沉穩和反應之快都大出我的意料，這其實對潛伏多年的我們李氏家族是一個好消息。」

「我們可以合作，我也不介意你作為領導者，如剛才所說的，我以及我背後的家族，可以效忠於你。」

「你確定真的要將我們賣出去嗎？問問你靈魂深處，當你進入這庭院的時候，這些桃花、這些房間、還有麒麟，真的就沒有給你一點觸動嗎？」

邵鈞看向他，非常直接了當：「合作的基礎是坦誠，我並不認為你現在已經說出了一切。」

阿爾達眸光閃動：「你的敏銳讓我真的太意外了。」

邵鈞道：「扶持我，洗刷李雲的冤屈，讓李氏更輝煌？這些都不是你的目的，我看過你提出的議案，你是個很勤奮的議員，那麼多的議案，政治傾向其實非常明顯，包括你在聯盟所接觸過的政客們，都顯示出你更傾向於聯盟的自由、民主的政治體制。」

阿爾達這下是真的意外了，邵鈞道：「你們想要對付的從來都不是我，你們想要除掉皇帝陛下，借助我的手。」

阿爾達深深看著他：「不錯，所以聰明的你立刻派護衛隊包圍了我這裡，你是疑心，我已經動手了？」

邵鈞道：「蜜月一半就被礦工暴動引回來，將皇帝分開，然後趁機來騙取我的信任，在政治事件中，我們總是不能相信太巧合的事。」

邵鈞繼續問：「我只有一件事不明白。」

阿爾達淡淡道：「親王殿下如此明敏，還有什麼不明白的？」

邵鈞道：「柯夏陛下有什麼不好？他擔任聯盟統帥期間，無私勇敢，得到了軍民的一致愛戴，回到帝國以後，也是仁慈剛強，能力卓絕，眼見著原本已經腐朽的帝國正在他的帶領之下，開始重新變得強大，為什麼你們就容不下他？如果大家都齊心協力，一起輔佐他，帝國將會變得更好吧？盲目推翻君主，導致的只會是內亂。」

阿爾達終於說話：「正因為他太強，你這還不明白嗎？」

邵鈞看向他，眸光不動，阿爾達笑了，表情似乎有些釋然：「原本柯冀那個老瘋子，就已經把家產敗得差不多了，加上蟲族戰爭一打打了十年，帝國已經腐朽到只差最後一根稻草了，然後柯冀那個老瘋子果然就死了，柯樺登基，他篤信宗教，教會卻救不了他，再需要一些時間，君主立憲制就已經在眼前了，沒想到柯樺雖然蠢，竟然會蠢到直接從聯盟引回了自己的敵人，還乾脆俐落地讓了位子。」

阿爾達喟嘆著：「原本成功已在眼前，因為換了一個英明強勢的君主，看上去彷彿還有道德、有智慧，有能力，這個腐朽的高度獨裁的政權，又將繼續延續下去，如果再給他多一些時間，我們就再也沒有這樣好的良機了，上千年，也不過出現了這麼一次蟲族而已，內憂外患，只需要一把火，就能讓整個國家在毀滅中新生。」

邵鈞道：「即使他沒有做錯事？他明明可以給帝國一個光明的未來，給人民一個富強的國家。」

阿爾達低聲道：「寄希望於獨裁者的良心的體制，永遠不能實現真正的民主。你既然這麼聰明，怎麼不能明白？再英明的王者，在權力高度集中在自己手中以後，都無法控制墮落和腐敗，誰都不可能徹底革自己的命，這個國家，唯有徹底打碎，才能在混亂中重生。」

邵鈞道：「即使這個過程，也會有成千上萬的人流離失所，無數人死去？一旦皇帝突然有事，國外勢力插手，你們這些開了頭的人，能夠控制住局勢嗎？能夠確保下一個，一定會是你們想要的所謂自由、民主的國家嗎？」

阿爾達看向他，神情溫和：「本來沒什麼把握，但是今天看到你，我忽然有了信心。你將會是一個很明智的領導者，只要改善集權，推翻暴政，接受民主，你會是一個很好的民主領袖——和我們合作吧。」

邵鈞笑了一聲：「幼稚。」這個時候，還在想要用權力來引誘他。

一個十八歲的少年，坦然看向一個算得上是老師的長輩，然後直斥他的幼稚。

阿爾達卻沒有覺得有什麼不對，他神情還是很平靜，看向他甚至有些悲憫：「我等著你再來找我合作，你會需要我的。你完全能理解我說的話，不是嗎？」

邵鈞看他的神色，有些不理解他的平靜，以及那一點居高臨下的悲憫，他腦海中忽然毛骨悚然的一閃：「你們已經行動了？能源礦區礦工的叛亂？」

阿爾達笑了起來：「我就說你非常聰明，但是已經來不及了。」他看了眼牆上的掛鐘：「談判已經開始了。」

邵鈞霍然站了起來，神情是悚然的，他按下柯夏的通訊，打不通，繼續按下花間酒的，仍然不通。

阿爾達看到他終於失態，神情傲然笑道：「礦工們希望換取良民身分，希望懲治扣下能源的貪官，他們的訴求很簡單，要求和皇帝親自出面談判，以得到更穩妥的談判條件，而新登基的皇帝，為了他一貫塑造的所謂無私正直，為國為民的正面形象，為了保住占帝國四分之一的能源，一定會同意親自出面談判。」

「談判地點就在能源島上，十萬礦工們期待英明的君主來解救他們於危難之中，皇帝也會認為礦工們只是為了將來的前途，不會猜疑礦工們會做什麼手腳。」

「他們卻不知道，那個能源島廣場下，已經深深埋進了一顆蘊含了無數金錫能源的中子彈，等著偉大的皇帝陛下踏上談判廣場。所有通訊器在他們踏上能源島之時，就已經失效。」

阿爾達暢快笑著，看著邵鈞整張臉都變了色，喝令了一聲，門外的護衛隊已經破門而入，衝進來將這個瘋狂笑著的男人押住反銬住雙手，阿爾達仍然大聲笑著：「十萬的礦工以及帝國四分之一的金錫能源，全數給皇帝陪葬，美麗的納沙省作為王者的陵墓，我真是太期待那爆炸的光芒，是否真的也像超新星在宇宙中爆炸一樣美妙？」

他看著邵鈞衝出去的背影高聲喊道：「我期待你回來找我！」

邵鈞飛快地跑著，心跳得飛快，花間琴將飛梭門打開，不明所以看著他撲入了飛梭門內，飛梭門合上了，自動導航啟動，飛梭飛速往逐日宮飛去，他坐在飛梭內，腦子高速運轉著，怎麼辦？怎麼辦？怎麼儘快到柯夏身邊？

冷靜下來，柯夏這次去，帶了什麼人？他還能試圖聯繫上誰？

花間酒不行，尤卡不行……機器人……彷彿靈光一閃，他忽然想起了，柯夏帶了機器人過去！

艾斯丁說過的話在他耳邊響起：「那具機器人身體，就曾經是你意識寄居過的地方，因此你仍然能感知到他——事實上如果你想，你隨時可以轉移到那兒。」

他閉上了眼睛，嘗試著集中注意力，他要回到機器人那裡，去到柯夏身邊！一定要去！

寬大豪華的皇家飛梭內，面容冷清的少年閉著眼睛忽然往後倒去，彷彿睡著一般倒在了座椅上。

而納沙省的皇帝臨時行宮寢殿內，被妥當安置在床上的機器人邵鈞睜開了眼睛，坐起來，一把掀開了自己身上的被子，直接衝了出去，門外把守著的近衛看到親王殿下忽然從寢殿內出現是愕然的，但還在倉促地條件反射般的敬禮，卻見一貫冷靜從容的親王問他：「陛下呢？」

近衛茫然指向一個方向道：「已經率談判團和近衛軍到能源島談判了！」他話音未落，就睜大了眼睛，只看到他們熟悉的親王殿下，背上忽然唰！展開了一雙巨大的羽翼，颼！那個幾乎擋住陽光的彷彿天使一般的身影已經飛向了天空，飛向了能源島的方向，瞬間就已經變成了一個小點。

烈日晴空，能源島寬闊的談判長桌直接擺在了露天廣場中央，廣場四周全都已經圍上了無數全副武裝的軍人，筆挺腰身猶如石雕一般護衛著場地。柯夏走在紅地毯上，披風在他身後揚起，露出腰間的佩劍，身後簇擁著數名高級軍官以及談判文官。

對面是叛民的代表，他們背後是密密麻麻衣著襤褸的礦工們，全都正充滿希冀地看向這位金髮璀璨猶如驕陽一般的明君，期盼這位傳說中公正仁慈的皇帝陛下能給他們一個公正的談判結果。

柯夏面無表情大步走著，心裡微微有些不耐煩，他只想儘快把這裡的事情了結了，回去看他的鈞寶寶。

場景肅穆，安靜地只聽得到皇帝陛下一行的軍靴橐橐，走向了萬眾矚目的高臺寶座上。

忽然人群中一陣沸騰，警報聲也響起：「不明飛行物！不明飛行物靠近！」所有軍人全都握緊槍支條件反射一般向天空望去，柯夏身邊的軍官更是迅速拔槍包圍住了柯夏：「保護陛下！」

柯夏卻絲毫未亂，只是傲然抬頭向天空望去，然後就看到耀眼的高空，有如天使一般的人展著一雙羽翼從金色耀眼的太陽處降落，彷彿攜帶著陽光和風，以極快地速度向他飛撲了過來。

他完全是愕然地伸出了雙手，將那個屬於自己的天使抱了個滿懷，然後卻又被那雙有力的臂膀緊緊抱住，羽毛和太陽的香味傳來，他的愛人從天而降，緊緊擁抱住了他，然後颼地一下將他抱著直接升空飛了起來。

柯夏終於反應過來，先伸手止住了下邊那些舉著槍對準邵鈞幾乎就要射擊的軍官們，怒吼：「不許擅自射擊！」

他轉頭看向邵鈞，幾乎以為自己在做夢：「鈞？」

所有人也都看清楚了這從天而降有著一雙天使一般翅膀的人居然是前些日子剛剛與皇帝陛下結成婚禮的邵鈞親王，全都愕然地面面相覷。

談判場上一片騷亂，對面那些叛民們也全都按捺不住站了起來，卻很快被調轉槍頭表示鎮壓的士兵們喝令著維持住了秩序。

邵鈞抱著柯夏，看向下邊那麼多的士兵和礦工，急聲道：「這座島下埋著中子彈！我們需要儘快撤離！」

他以為下面應該立刻就會騷亂起來，結果下面的軍官、士兵、大臣們都只是愕然看著他，彷彿他忽然出現在這裡比隨時能毀滅他們的中子彈更轟動一般，就連對面的叛民們只是竊竊私語。

邵鈞有些著急，抱緊柯夏道：「快下令撤離！來不及了！」

柯夏忍不住笑了聲，反手抱著他忽然安撫地吻上了他的嘴唇，唇分後才拍了拍他的肩膀：「是為了這個趕過來的？別著急，沒有中子彈，中子彈的引燃設備我們昨晚已經拆掉了，來，先將我放下去。」

拆掉了？

邵鈞一路過來都處於非常焦慮緊急的狀態，仍然有些沒有反應過來，只是呆呆看著懷裡的愛人，一雙翅膀在空中拍打著，掀起了氣流，所有人都盯著那雙華美到了極致的潔白羽翼，隱隱的金色光澤在邊緣閃耀著，猶如天使降臨到了人間。

柯夏伸手輕輕摸了摸他的臉，眼睛裡既有著甜蜜，又有著隱憂：「對，放心，已經解決了。這次談判忽然讓我出面，我就已經感覺到了不對，昨晚我就已經派了幾支小隊先潛入島上解決掉了，不會有中子彈，不會有爆炸，放心，大家都很安全，我們現在需要安撫礦工。」

邵鈞看著柯夏藍色的眼眸，終於微微放下心來，抱著柯夏緩緩降落，然後放開了柯夏，柯夏雙腳落地後，仍然抱著邵鈞，微微低頭又吻了他一下，才放開了他，轉頭對著各個軍官、大臣們微微頷首道：「親王殿下獲得了一些情報，因為擔心我，所以使用了外骨骼雙翼緊急趕了過來，所幸我們昨夜已經排除了隱患，破壞了敵人的陰謀。」

他看向了對面拘謹不安的礦工首領：「念在你們是被敵人蒙蔽，又長期被壓迫剝削，這次我們可以給你們一次免死的機會，但是懲罰是必不可少的！」

礦工們看向英俊如神明的金髮帝王，他身側衛護著一位展著潔白雙翼的天使，漆黑如夜色的眼睛看著他們，猶如高高在上的神使俯瞰眾生，所有礦工全都敬畏無比地屏住了呼吸，猶如注視著雲端的神明。

為首的礦工首領忽然跪下了：「謝皇帝陛下寬恕，救了我們十萬礦工的命！」

所有的礦工們全都跪了下來，將額頭貼向地，黑壓壓一片，蔚為壯觀：「陛下英明！」

蔚藍色的大海深處，潛艇已經將那枚深埋在能源島的中子彈拉向深海，然後在無人的數萬米深海處引爆，防止再次被人利用，成為能源島的隱患。

十萬礦工全都得到了妥善安置，確實無罪的得到了赦免，參與了叛亂並且傷害了官兵的，得到了寬大處理，僅依據國法判處了有期徒刑。

在大海的高空處，一架標著皇家徽章的飛船正浮在空中，甲板上，花間酒接到了花間琴驚慌失措的通訊：「小酒！親王殿下又不明原因昏迷了！」

花間酒無奈地看了眼飛船船頭靠在一起的兩個貴人，低聲道：「放心吧，和陛下在一起呢。」

寬大通透的舷窗外，天邊粉紫色、橙紅色、金黃色、藍色的彩霞交織著，顯示出了美麗的晚景。

邵鈞和柯夏站在飛船上往下俯瞰著波光粼粼的蔚藍色大海，海中央的能源島井井有條，在無數進駐的士兵把守和管理下，恢復了往日的秩序。

「你太冒險了，你精神力本來就不穩，你應該更相信我一些才對，回去又要找羅丹好好給你看看你的精神力。」柯夏半是喜悅，半是憂慮地抱怨著邵鈞。

「我打過多少次戰役了，這點小花樣能瞞得過我？而且他們以為我會顧忌這四分之一的帝國金錫能源，而捨不得輕舉妄動？我可是有一整個星球的新能源後備！沒有人能威脅我！」柯夏傲然道。

邵鈞看著志滿躊躇的他，一顆心終於完全放了下來，他的小王子長大了，早就已經能夠很好的自己保護自己了。

他笑著低聲道：「是我關心則亂了。」

柯夏轉頭看著他，夕陽下他的機器人眉目寧靜，溫情脈脈，他胸口滿溢著感動和愛意，忍不住抬起他的下巴，深深吻了上去。

美麗的金暉中，一對美麗的情人擁抱接吻，形成了美麗的剪影，其中被深吻著的人背上還有著一對鍍著金邊的翅膀，像是天使為凡人留在了世間。

——《鋼鐵號角 SP》全書完

高寶書版集團
gobooks.com.tw

FH076
鋼鐵號角 SP

作　　者　灰谷
繪　　者　HONEYDOGS 蜜犬
編　　輯　賴芯葳
美術編輯　彭裕芳
排　　版　彭立瑋
企　　劃　黃子晏

發 行 人　朱凱蕾
出　　版　朧月書版股份有限公司
Hazy Moon Publishing Co., Ltd
地　　址　臺北市內湖區洲子街 88 號 3 樓
網　　址　www.gobooks.com.tw
電　　話　(02) 27992788
電　　郵　readers@gobooks.com.tw（讀者服務部）
傳　　真　出版部　(02) 27990909　行銷部 (02) 27993088
郵政劃撥　19394552
戶　　名　英屬維京群島商高寶國際有限公司台灣分公司
發　　行　英屬維京群島商高寶國際有限公司台灣分公司 / Print in Taiwan
初版日期　2023 年 8 月

本著作物《鋼鐵號角》，作者：灰谷，由北京晉江原創網絡科技有限公司授權出版。

國家圖書館出版品預行編目 (CIP) 資料

鋼鐵號角 / 灰谷著 .-- 初版 . -- 臺北市：朧月書版股份有限公司出版：英屬維京群島高寶國際有限公司臺灣分公司發行 , 2023.08-
面；　公分 .--

ISBN 978-626-7201-90-9 (平裝)

857.7　　111020689